페밀리 배틀

이 책은 '2023 NEW BOOK 프로젝트-협성문화재단이
당신의 책을 만들어드립니다.' 선정작입니다.

흔한 초딩 가족의 티키타카 글쓰기 프로젝트!

글 주성호, 정인순, 주시현

그림 주시현

각자의 음역을 가진 남자와 여자가 만났습니다. 멋진 이중주를 연주할 거라 확신하며 결혼했습니다. 그러나 이중주는커녕 자기 소리만 내겠다고 싸웠습니다. 생활방식, 취미, 성격, 식성, 취향 어느 것 하나 맞는 게 없었습니다. 싸우고 설득하고 대화를 나누어도 늘 다시 자기 음역대로 돌아왔습니다. 아름다운 이중주는 환상에 불과했습니다.

그런 와중 새로운 음역을 가진 생명체가 탄생했습니다. 경이로운 축복이었습니다. 꼬물거리는 아기를 키우는 시기에는 힘들었기에 더 싸웠습니다. 아기가 잠을 잘 때는 카톡으로 싸웠습니다. 타자수가 빠른 사람이 유리한 싸움이었습니다. 계속되는 싸움에도 결론이 나지 않았습니다. 답답한 마음에 주변 사람들에게 판결을 받아보기로 했습니다. 일일이 말을 할 수 없으니 글을 써보기로 했습니다. 주위 사람들은 우리의 심각함과는 달리 재밌다고 하면서 판결을 해주지 않았습니다.

그사이 아이는 쑥쑥 자랐고 클수록 자기만의 소리를 강하게 내고 싶어 했습니다. 갈등은 삼자 구도가 되었습니다. 어느 날 아이가 우연히 아빠와 엄마의 글을 읽었습니다. 간간이 등장하는 자기 모습이 재밌다며 낄낄댔습니다. 반복해서 글을 읽으며 흥미로워했습니다. 그리고 자기도 주인공이 되어 글을 써보겠다고 했습니다. 그 제안은 의외였지만 무척 반가웠습니다. 사람들은 SNS를 통해 주인공이 되어 자신을 알리고 싶어 합니다. 그러나 항상 주인공이 되기는 힘든 세상입니다. 아빠, 엄마, 초등학생 아들은 글 속에서 각자 주인공이 되었습니다. 꽤 괜찮은 기분을 느꼈습니다.

각자 입장에서 자기만의 시선으로 글을 썼습니다. 다른 사람의 글을 읽으면서 서로의 영역을 힐끔거렸습니다. 더불어 화음을 만들어 볼까 조율도 해보았습니다. 다행인지 불행인지 악보에 여러 가지 음이 그려졌습니다. 사춘기에 돌입한 아이와 곧 권태기와 갱년기를 맞을 아빠와 엄마, 세 사람의 삼중주는 자주 삐걱거립니다. 그러다 가끔 꽤 들을 만한 화음을 만들어 내기도 합니다. 이 글은 그 과정에서 만들어진 어설픈 노력의 집합체입니다. 너무나 소소하고 개인적이며 일상적인 이야기입니다. 특별한 것은 없지만 나름 진지하게 삶을 연주하는 세 주인공의 이야기에 공감하고 피식 웃을 수 있다면 좋겠습니다. 더하여 지금도 티격태격하며 '안 맞다. 안 맞아!'를 외치고 있는 세 사람 중 누가 더 맞는지 글을 읽는 여러분이 명판결을 내려주시길 기대합니다.

그림 / 아들 주시현

글쓴이 소개

 아빠 / 흔한 40대 중반 가장. 20년 넘게 조선 분야에서 일하고 있다. 구조 조정에서 겨우 살아남았고 승진 누락 속에서도 꾸역꾸역 회사 생활을 이어간다. 이러한 현실에서 벗어나고자 글을 쓴다. 글쓰기를 통해 소소한 재미를 느끼며 행복한 삶에 대해 고민 중이다. 〈나는 자연인이다〉를 즐겨 보며 귀농을 꿈꾼다.

엄마 / 흔한 40대 중반 주부. 경력 단절 여성으로 사회로 나가기 위해 고군분투 중이다. 프리랜서 영어 강사로 도서관에서 아이들에게 영어 그림책을 읽어주고 노인 복지관에서 영어 회화를 가르친다. 기록의 힘을 믿고 기억하는 사람으로 살기 위해 글을 쓴다.

 아들 / 흔한 10대 초등학생. 공부를 가장 싫어한다. 좋아하는 순서를 따지면 가족, 친구, 게임 그리고 책이다. 특히 만화책을 좋아한다. 판타지 소설도 좋아해 책을 읽다가 가끔 영감이 떠올라 소설을 쓰기도 한다. 아쉽게도 아직 완성된 소설은 없다.

차례

Chapter 3

안 맞다. 안 맞아!

Chapter 4

트리오 앙상블

그림 / 아들 주시현

당신은 누구 편?
위너를 뽑아주세요!

Chapter 1

공부

"싫어. 왜 아빠가 하는 방법대로 해야 해? 알아서 할게." 5학년 2학기 아들의 수학 진도가 분수와 소수의 계산으로 접어들 무렵 나는 '분수를 모르는' 꼰대 아빠가 되어 있었다. 1980년대 중후반에 배운 슬기로운 생활의 기억 한 편을 끄집어내어 2022년 수학을 가르쳐본다. 나의 풀이 방식을 강요하자 아들은 뭔가 이상하다며 목에 핏대를 세운다. 자신의 암산 방법이 맞다고 우긴다. 주어진 분량을 빨리 끝내고 게임을 하고 싶은 모양이다. 오늘 하루 아이 엄마 자리를 대신했을 뿐인데 인내심은 이미 만신창이다. 자기 주도적 공부를 유도하기 위해 알람 시간을 설정해 규칙적인 학습을 하도록 했다. 하지만 그것은 억지 학습으로 진행되고 있었다. 정해진 휴식 시간의 알람이 울리고도 만화책과 소설책을 보며 건성으로 "할게, 지금 할게, 이것만 보고 할게."를 연발하는 아이는 버틸 수 있을 만큼 버틸 기세다. 양치하라고 하면 먹을 것부터 찾아 냉장고와 식료품 창고를 뒤지는 것을 보면 청개구리 가죽을 뒤집어쓴 양치기 소년이 생각난다. 아내의 조속한 귀가 요청 카톡 메시지를 뒷주머니에 구겨 넣고 "마지막 한 잔만 더!"를 외치는 나 자신을 보는 것일지도 모르겠다.

저녁 6시 20분 공부 시작 알람이 울린다. 25분에 아들 방으로 가보았다. '후다닥' 책을 덮는 소리가 난다. 책상 구석에 놓인 과학 잡지가 눈에 들어온다. 조용히 잡지를 가지고 오라고 했더니 민망한지 아들이 잡지를 던진다. 피가 거꾸로 솟는다. 다시 예의를 갖춰 공손하게 달라고 요청하자 아들이 미안하다고 한다. 그것도 잠시 짜증과 화를 내며 연산 문제집을 풀기 시작한다. 화를 내는 아들에게 심호흡하고 마음을 가라앉힌 후에 학습하라고 조언해 본다.

"싫어. 나는 문제 풀면서 화를 가라앉혀. 호흡하는 방법은 싫어. 명상하기 싫어." 솟아오른 피가 머리끝까지 차오른다. 내가 심호흡이 필요할 지경이다. 의자를 당겨 마주 앉아서 학습보다 마음을 차분히 해야 함을 가르쳐 본다. 아니 부탁한다. 아들은 눈물과 콧물을 삼켜가며 억울한 마음을 들썩이고 있다. 나의 강압적 조언에 고개를 끄덕이는 아들을 본다. 조금은 안심이다. 아들 방을 나와서 업무용 책상에 앉는다. 깜빡이는 컴퓨터 대기화면의 시계가 6시 40분을 가리킨다.

'나는 과연 무엇을 알려 주고 싶은 것일까? 아이에게 감정을 해소하는 것일까? 나의 조언이 아들에게 얼마나 이해가 되었을까?' 호흡을 요구하는 시간만큼이나 아들과 더 멀어진 느낌이다. 아들과의 갈등은 나만의 문제만은 아닌 것 같다. 얼마 전 지인 K씨는 중학생 아들이 선생님의 외모를 비하한 일로 교육 권리 보호 위원회가 개최될 수 있다고 곤혹스러워했다. L씨는 중학생 아들의 부적절한 게임 채팅 때문에 스마트폰을 던져 부숴 버렸다고 했다. 곧 중학생이 될 아들을 본다. 아들의 항변은 아직 완벽히 논리적이지는 않지만 자신의 의견을 정확히 전달하는 모습을 보면 부쩍 성장한 것 같아 뿌듯하기도 하다. 그래서 어떤 부분은 틀렸지만, 또 어떤 부분은 맞는 것이라고 박수 쳐 주고 싶은 모호한 상황에 빠진다. 그러나 성장에는 응원을 보내지만, 그 억지는 틀림없이 틀렸다는 것을 알려주고 싶다.

연산 문제를 푸는 건지 화를 푸는 건지 코를 푸는 건지 알 수 없는 사이에 아들의 통화 목소리가 들린다. "엄마, 언제 와? 어디야? 문제집 한 페이지 풀고 있다." 6시 44분이다. 15분간의 혈투 아닌 혈투는 4분 정도의 효과가 있었던 모양이다. 가야 할 길이 멀고도 멀다. 방안 공기가 무척이나 무겁게 느껴진다. 창을 열고 가을과 겨울 사이의 밤바람을 들이킨다.

"이리 와! 처음부터 다시 다 풀어야 해. 뭐를 푼 거야! 문제가 어려우면 모른다고 이해할 수 있어. 문제가 쉬운데 다 틀렸어. 지금 이거 틀렸잖아!" 아이 엄마의 고성이 귓가를 때린다. 설마 내가 가르쳐준 문제가 틀린 건 아니겠지? 깊은 가을밤이 시작되고 있다.

▶ 엄마 이야기 ||||·|·|·|·|·|·|·|·|·|·|·|·||||·||||·|·

오늘도 소리를 꽥 지르고 말았다. 나의 고주파 잔소리에 내 귀가 먹먹할 정도다. 어제도 그랬다. '절대 화내지 말아야지.'라고 결심했다. 아이에게 사과도 했다. "엄마가 미안해. 틀린 건 잘못이 아닌데 내일부터는 절대 화내지 않을게." 아이는 여느 때처럼 나의 반복된 사과를 받아주었다. 24시간도 지나지 않아 약속을 어겼다. 아이의 문제집을 채점하면서 X 표가 나올 때마다 가슴 아래에서 무언가 올라왔다. 대체 왜 이걸 틀리는 걸까? 3문제까지는 참는다. 5문제를 넘어갈 때쯤에는 어김없이 소리친다. "야. 너 당장 이리 와. 진짜 다 틀렸어. 큰일이네. 너 어쩌려고 이러냐." 문제집을 다 풀고 소파에 누워 만화책을 보며 뒹굴던 아이는 엄마의 한숨과 짜증에 어쩔 수 없이 몸을 일으켜 책상 앞에 앉는다. "난 최선을 다했어. 진짜야! 어려워. 어렵다고!" 아이가 이런 반응을 하면 기분이 더 나빠진다. '최선을 다한 것이 이것이라면, 겨우 5학년 문제를 어려워한다면.'이라는 전제가 생기면 나의 불안은 엘리베이터를 타고 하늘을 뚫어버린다. 그렇기에 문제를 다른 방향으로 돌린다. "이게 뭐가 어려워. 네가 집중을 안 한 거지. 딱 집중해서 풀었다면 이런 실수를 할 수가 없어. 다시 풀어봐. 이번에는 왜 맞춰? 이건 네가 문제를 똑바로 안 읽었다는 걸 의미하는 거야. 자. 똑바로 앉아. 자세 바로 해. 허리 펴고. 이거 봐. 집중!"

아이가 유아와 초등학교 저학년이었던 시기에는 그나마 얄팍한 나의 교육 신념을 지킬 수 있었다. 자연을 느끼고 많이 노는 것이 아이의 발달에 좋은 영향을 주고 창의성까지

키워준다고 주장하는 책을 읽고 강연을 들으며 생각을 다져 나갔다. 그러나 아이가 초등 고학년이 되고 중학교 진학이 코앞에 다가오니 나의 교육관이라는 것이 얼마나 허물어지기 쉬운 모래성 위에 지은 집과 같은지 부끄러울 정도다. 학기 말 통지표에 '창의성이 높고 기발한 아이디어가 많다.'라는 평가에 기분이 좋다가도 대체 이 눈에 보이지 않는 창의성이 아이의 미래를 어떻게 담보해줄지 의문이 들곤 한다. 창의성을 점수로 매겨서 보내줬으면 하는 심정이다.

그렇다. 나는 불안하다. 빨간펜으로 그어진 틀린 문제를 보고 있으면 별 볼 일 없이 그저 그런 성인이 되어 버린 아이의 미래가 그려진다. 참 이중적이다. 말로는 아이의 행복을 바란다고 하면서 결국에는 사회적 성공을 바라나 보다. 아이의 성공이 곧 엄마의 성공인 듯 착각하는 대한민국 엄마 중의 한 명임을 인정해야겠다. 양육의 최종 목표는 아이의 독립인 것을 머리로는 알고 있다. 많은 책을 읽었고 다양한 강의를 들었다. 그런 멋진 엄마가 되고 싶어서 독서 모임에도 꾸준히 참여하고 엄마 공동체 모임에서 열심히 활동했다. '아이 인생은 아이의 것, 엄마는 자신만의 인생을 잘 살아가야 삶 속에서 아이는 부모를 모델링을 하게 된다.'라는 이야기, 엄마가 자기 세계가 있어야 아이에게 집착하지 않고 지낼 수 있으며 그것이 아이와의 관계를 더 좋게 만든다.'라는 이야기에 깊이 공감했다. 나는 꼭 그런 엄마가 되리라 비장하게 결심도 했다. 그러나 틀린 문제 앞에서는 '아이에게 집착하고 자기 세계관이 없으며 아이와 자신의 삶을 분리하지 못하는 엄마'로 순식간에 돌변해 버린다. 아이에게 문제집을 풀라고 해놓고 내가 집안일을 하는 사이 유튜브를 보고 있던 아이를 발견했다. 감정조절을 하지 못해 문제집을 던지고 쓰레기통에 처박은 적도 있다. 공부하기 싫다고 징징대는 아이에게 다 때려치우라고 막말을 퍼부은 적도 많다. 이런 고백을 하자니 정말 최악의 엄마가 된 것만 같다.

아이가 공부를 왜 해야 하는지 물을 때마다 "공부는 세상을 살아가는 기초적인 부분을 배우기 위한 것이고 또 하기 싫은 것을 참는 법을 배우는 것이다."라고 답했었다. 답을 하면서도 나는 백 프로 이 말에 동의했던가. 공부를 잘해야 좋은 대학에 가고 좋은 대학에 가야 안락한 삶이 어느 정도 보장된다고 차마 말할 수 없기 때문은 아니었을까? 참 못났고 못났다.

그럼에도 나는 누구보다 아이를 사랑한다. 글을 쓰면서도 아이에게 미안한 마음에 눈물이 찔끔 나는 것만 봐도 나는 이 세상 누구보다 아이가 행복하고 잘되길 바라는 사람인 것이다. 다시 원점으로 돌아와야겠다. 나는 엄마다. 아이의 안녕과 행복을 가장 바라고 기원하는 사람. 아이에게 내 모든 걸 다 내어줄 수 있는 사람. 그래서 나의 노력은 의미가 없지 않다. 다시 나의 얄팍한 신념에 한 꺼풀을 덧씌워본다. 신념이라니 너무나 거창하다. 그냥 작은 약속이 낫겠다. '아들아, 내일은 절대로 너의 틀린 문제를 보고도 화내지 않을게.' 못난 엄마는 이렇게 공부하며 자라난다.

아들 이야기

"스으으읍…… 이러면 안 되는데." 엄마의 한탄 소리가 방에서 들려온다. 재미있게 게임을 즐기던 나는 기분이 팍 나빠진다. 꿈같던 게임 시간이 끝나면 엄마의 잔소리 폭격이 시작된다. 내가 문제집에서 틀린 것 중에는 '그래, 이건 좀 심했다.' 할 만한 것도 있지만 틀릴 만한 것도 있다. 하지만 엄마 눈에는 다 똑같이 보이나 보다. 공부하다 보면 좀 틀리고 실수도 할 수 있는 거지 뭐. 왜 그렇게 과민 반응하는지 모르겠다. 최근에는 20문제 중 7문제 틀리면 65점, D라고 했다. 그땐 진짜 싫었다. 엄마는 맨날 말한다. "엄마는 점수에 신경 안 써, 너의 태도에 신경 쓰지." 그 말은 어디로 갔는지. 미국이었으면 D 학점을 받은 거라며 나를 타박했다. 진심으로 나를 사랑한다고 하는 엄마지만 왜 저러는지 모르겠다. 눈에 넣어도 안 아픈 아들이라면 어떤 점수를 받든 사랑해야 하는 거 아닌가?

내가 현재 공부하는 이유는 세 가지이다. 첫째는 지식을 채우고 새로운 것을 배우기 위해서, 둘째는 공부 후에 게임을 하기 위해서 그리고 마지막으로 싫은 것도 참고하는 걸 배우기 위해서이다. 이건 엄마가 나에게 하는 말이긴 하다.

사람들은 실생활에 이용하기 위해 공부한다고 하지만 나는 그렇지 않다. 왜냐고? 생각해보면 우리가 생활할 때는 더하기, 빼기, 곱하기, 나누기 등만 있으면 그만이다. 예를 들어 누군가가 택배 상자를 보고 "이 상자는 전개도가 이렇고, 겨냥도가 이렇고, 각도가 각각 90도이고." 이렇게 말한다면 '어이구 공부 열심히 했네.'라고 생각하지 않을 것이다. 오히려 속으로 '쟤는 왜 저래, 약간 이상해.'라고 생각하는 사람이 대부분일 것이다. 도대체 실생활에 분수, 소수의 곱셈이 어디다 쓰이는 거냐고!! 그래서 나는 내가 자주 읽는 책인《윔

피키드》의 주인공 그레그의 아이 키우는 방법에 대한 의견에 동의한다. 그레그는 나중에 아이를 키우면 아이가 건널목을 안전하게 건너고, 패스트푸드 음식점에서 원하는 음식을 사 먹을 수 있을 때 그 아이를 바깥세상으로 내보낼 거라고 한다. 솔직히 실생활에 아무 도움도 안 되는 걸 왜 공부할까? 엄마는 문제집을 채점할 때마다 많이 틀렸다고 나를 구박한다. 어른들은 공부할 때 안 틀렸나? 나는 엄마가 문제를 틀렸다고 잔소리할 때마다 생각한다. '내가 어른이 되어서 애를 키우면 절대 안 저래야지.' 나는 이 말을 두고두고 기억하고 실천할 것이다.

공부는 재미없다. 영어단어를 외울 때는 도라에몽이 나타나서 암기 빵 한 박스를 주면 좋겠다. 그리고 많이 틀렸다고 엄마가 혼낼 때는 맨 인 블랙 요원들이 나타나 엄마 기억 중 틀린 것에 대한 기억을 싹 다 지워줬으면 좋겠다. 공부 과목 중 수학을 제일 싫어한다. 그다음이 과학, 영어, 국어, 사회이다. 수학은 반복이 너무 재미없고 과학은 실험이 좀 재미있지만, 용어 외우기가 어렵다. 영어는 단어 외우기가 짜증 난다. 국어는 그나마 괜찮다. 체육이나 실과, 도덕도 좋다. 사회는 전 과목을 통틀어서 유일하게 내가 좋아하는 과목이다. 요즘 역사를 배우는데 역사는 내가 진짜로 좋아하는 과목이다. 역사 외에도 사회의 여러 내용을 공부하는 것이 재밌다.

　나에게 공부란 살아가는 데 크게 도움이 되지 않지만, 회사 취직 등에는 도움이 되는 일 같다. 초등학교에 들어가는 것을 시작으로 12년을 공부하는데 딱 내가 산 인생만큼 공부해야 한다. 12년 중 5년을 공부했지만, 이 공부란 녀석은 아직도 내게 아리송한 존재이다. 공부하다 보면 가끔 새로운 것을 알게 되어 좋기도 하지만 공부는 내가 좋아하는 활동 중 가장 하위권이다. 공부에 대해 바라는 것은 크게 없다. 그저 이 글을 다 쓰고 풀어야 하는 문제집을 엄마가 채점하면서 부디 화를 내지 않기를 바란다. 더 쓰면 엄마한테 혼날 테니 빨리 틀린 문제나 풀러 가야겠다.

쇼핑

▶ 엄마 이야기 ‖‖‖‖·····································‖‖‖‖‖‖

　사냥 직전 맹수의 눈처럼 빠르고 날카롭다. 서 있는 애들부터 훑어본 후 누워 있는 애들도 하나하나 들춰본다. 손으로 신중히 감촉을 느끼고 가성비를 따져 두뇌를 풀로 가동해 최선의 선택을 한다. 그리고 거침없이 카드를 내민다. 남편과 아이 옷은 마네킹에 디스플레이 된 서 있는 아이 중 가장 괜찮은 것을 고른다. 내 옷은 매장 매대에 누워 있는 것 중 괜찮은 것을 찾기 위해 세워보고 나에게 대보고 다시 눕혀본 다음 카드를 내밀 때까지 고민하고 또 고민한다. 그래서 쇼핑은 참 피곤한 일이다. 요즘에는 미니멀리즘을 추구하는지라 가능한 옷 쇼핑을 자제하려고 하나 부쩍 커버린 아이를 위한 옷은 그럴 수가 없다.

봄이 되어 아이의 옷을 사러 갔다. 작년에 입었던 점퍼와 바지가 모두 작다. 쑥쑥 콩나물처럼 자라는 아이에게 고마움을 느낀다. 그러나 남편, 아이와 함께하는 쇼핑에는 엄청난 에너지가 필요하다. 아이는 자신이 입어야 하는 옷임에도 아무런 관심이 없다. 옷을 고르는 일은 오직 나의 몫이다. 디자인과 색상을 정하고 소재가 괜찮은지, 아이가 활동하기에 편한 옷인지, 기존의 옷과 매치가 되는지, 가격은 적당한지, 내년까지 입을 수 있는지 등 고려해야 할 사항이 너무 많다. 그래서 쇼핑은 미션을 수행하듯 체계적이어야 한다. 조금이라도 망설이거나 시간을 지체하면 아이는 다리가 아프다고 징징거리고 남편은 피곤한 얼굴로 나를 쳐다본다.

백화점에 도착하면 아이는 핸드폰 게임을 할 자리를 찾아 앉는다. 쇼핑은 자신의 일이 아니므로 게임의 세계로 빠져든다. 열심히 아이에게 맞는 옷을 고르러 여러 매장을 다녀본다. 사이즈를 맞춰 보기 위해 아이를 부르면 핸드폰에서 눈을 떼지 않은 채 영혼 없이 몸을 맡긴다. 남편은 그나마 징징거리지는 않지만 크게 도움이 되지 않는다. 자신이 좋아하는 신발매장 앞에서나 조금 열정적일 뿐 나머지 매장에서는 시큰둥하다. 하품을 하거나 핸드폰을 보며 아이 옆을 지킨다.

꿔다놓은 보릿자루처럼 서 있는 남편과 아이가 신경 쓰여 1층 카페에서 전화할 때까지 기다리라고 했다. 쇼핑을 데리고 다니려면 애나 어른이나 뭐 하나 먹을 것을 쥐여주어야 한다. 전날 과음으로 목이 말랐던 남편과 스무디를 좋아하는 아이는 뒤도 돌아보지 않고 에스컬레이터를 탄다. 그제야 눈여겨보았던 매장에 들어가 아이에게 필요한 옷을 천천히 본다. 매장의 직원들은 좋은 쇼핑 파트너다. 사이즈 고민을 하면 자기의 경험과 전문가적 소견을 섞어 구매를 확신하게 하는 조언을 한다.

30여 분이 지나고 두 군데 매장의 점퍼가 내 레이더망을 통과했다. 이제 아이에게 입혀볼 시간이다. 남편에게 전화해 다시 매장으로 오라고 한다. 아이는 내 지시대로 옷을 입어본다. 확신이 서지 않는다. 마지막 갔던 매장의 옷을 한 번 더 입혀보고 결정하고 싶다. 아이에게 마지막으로 옷을 입어보자고 하니 짜증을 내기 시작한다. 덥고 힘들단다. "마지막 한 번만이야." 애원하듯 아이를 달래본다. "진짜 마지막이야. 나 배고파."라며 온몸으로 짜증을 표현한다. 참 이런 상전이 따로 없다. 내가 아이에게 하는 만큼 직장생활을 했으면 고속 승진을 했을 거다. 엄마에게 잘했으면 소문난 효녀가 되었을 거다.

　방풍·방수가 잘되는 꽤 가격대가 있는 브랜드의 점퍼와 평소에는 비싸지만, 하루 특가 세일을 하는 브랜드에서 바지 두 개를 샀다. 조금 더 둘러보고 싶지만 아이는 배가 고프다며 더 참을 수 없다고 한다. 백화점 옆 피자집으로 향하기로 한다. 오늘도 나의 쇼핑은 백 프로 만족스럽지 못했다. 아쉬움을 꿀꺽 삼키며 멀리 있는 물건을 끝까지 곁눈질하며 문을 나섰다. 쇼핑은 아무리 해도 끝이 나지 않는다. 그 많은 물건 중 가능한 한 많이 내 것으로 만들어야겠다는 조급함은 나의 얇은 지갑을 자각하게 한다. 이반 일리치는 《누가 나를 쓸모없게 만드는가?》에서 도시인들이 '현대화된 가난'을 느낀다고 했다. 백화점을 나서면서 드는 나의 감정은 이반의 말처럼 풍요 속 절망인지도 모르겠다. 아이는 그런 엄마를 간파한 듯 나의 손을 끌어당긴다. 어쩔 수 없이 아이에게 끌려가며 저번에 했던 그 결심을 다시 했다. '쇼핑은 이제부터 나 혼자서!'

▶ **아들 이야기** ｜ılıⅰ·ılⅰ｜ılⅰ·ılⅰ｜｜ⅰ·ılⅰⅰ·ⅰ｜ılⅰ·ılⅰ·ⅰ｜ⅰ·ılⅰ

"으아, 엄마 인제 그만 입어 보면 안 돼?" "안 돼. 이거 한 번만 더 입어 봐." 여러 번 바지를 입고 벗고를 반복하며 엄마에게 말했다. 엄마는 딱 한 벌, 이번이 마지막이라고 말한다. 이렇게 입어 본 바지나 잠바 중 5분의 3은 사지 않고, 5분의 1은 샀다가 반품하고, 5분의 1은 사서 쭉 입는다. 백화점에 옷을 사러 가는 것은 나에게는 매우 힘든 일이다. 같이 백화점 갈 때는 내 옷을 사러 가는 경우가 대부분이기 때문에 나는 엄마의 마음에 들 때까지 옷을 여러 번 갈아입어야 한다. 엄마 맘에 드는 옷을 샀다가도 엄마 맘이 변하면 반품을 한다. 그래서 우리 엄마는 일명 '반품의 여왕'이다.

그나마 쇼핑에서 기대되는 건 신발이다. 나는 개인적으로 신발은 좋아하기 때문에 신발 쇼핑하는 것은 불평하지 않고 참여할 수 있다. 엄마의 쇼핑 욕구는 끝이 없어서 엄마와 하는 쇼핑의 고수인 아빠는 나에게 모든 걸 내려놓고 쇼핑에 임하라고 충고한다. 아빠는 엄마의 쇼핑 장단에 적당히 맞춰주는 것도 중요하지만 무엇보다 중요한 건 쇼핑을 길게 지속한다고 불평하거나 짜증 내지 않는 것이 가장 핵심이라고 했다. 그건 나도 잘 안다. 조금이라도 엄마에게 불평했다가는 이런 말을 들을 게 분명하다. "지금 네 옷 사러 왔는데 왜 짜증 내!" 그래서 그냥 입 다물고 있는 것이 가장 현명한 방법이다. 아빠와 나는 백화점에서 살아남는 나름의 방법이 있다. 엄마가 옷을 보는 동안 빈 벤치에 앉아 조용히 게임을 하는 것이다. 그리고 항상 그 옆을 보면 우리와 같은 처지인 사람들이 벤치에 앉아있다. 나와 같이 엄마의 옷 입으라는 타령에서 벗어나서 게임을 하는 내 또래들, 부인들의 쇼핑 소용돌이에 휘말리고 싶지 않은 아저씨들. 백화점 벤치는 누가 만들었는지는 모르겠지만 아무래도 천재인 것 같다. 아마 그 사람도 우리와 같은 사정이었겠지?

쇼핑은 엄마의 갑작스러운 "옷 사러 가야겠다."라는 통보에서 시작된다. 가끔 엄마는 "혼자 갈까?"라고 묻지만, 이것은 절대로 혼자 가겠다는 말이 아니다. 그냥 우리에게 선택권이 없다. 이 말의 진정한 의미는 "같이 가자."를 역설법으로 표현한 것이다. 엄마는 절대 혼자 가지 않는다. 가끔 친할머니와 함께 백화점에 가기도 하는데 엄마와 할머니는(며느리와 시어머니 관계이긴 하지만) 쇼핑으로써는 과연 천생연분 같다. 둘은 여러 옷을 보고, 또 보고, 또 본다. 그리고 엄마가 '반품의 여왕'이라면 할머니는 '반품의 신'이다. 할머니가 1년 전 산 물건도 반품했다는 전설 같은 이야기를 들은 적도 있다. 그런 면에서 둘은 정말 죽이 잘 맞는 것 같다.

　나에게 쇼핑은 힘든 일이다. 쇼핑은 석 달에 한 번 정도, 백번 양보해서 두 달에 한 번 정도면 충분한 것 같다. 백화점에서 집으로 돌아오니 하루가 훌쩍 지나 있었다. '역시 쇼핑은 시간을 집어삼키는 건가?' 이렇게 생각하면서 욕실에 들어갔다. 쇼핑을 갔다 오면 몸과 정신이 피곤해진다. 샤워를 마치고 나와서 만화책을 보려고 하는데 엄마가 부른다. "아들아! 이것 좀 입어봐라!"

▶ 아빠 이야기 ‖‖‖‖‖‖‖‖‖‖‖‖‖‖‖‖‖‖‖‖

　'토요일에 뭐할 거야?' 아내의 카톡 메시지이다. 부쩍 키가 큰 아들의 옷을 사러 가야 하는데 평일에 혼자 갈 것인지, 주말에 같이 가볼 것인지를 물어보는 것이다. 물어보는 의도는 아들과 같이 가서 옷을 입혀보고 싶으니 운전사 겸 쇼핑 중에 지친 아들을 보살피는 역할을 하라는 것이다. 만화 슬램덩크에서 농구공을 슈팅할 때 왼손은 단지 거들 뿐이라고 하듯이 쇼핑에서 나는 왼손 같은 존재이다. 아들은 쇼핑에 가기 싫어하는 눈치다. 삼십 분째 외출 준비를 질질 끌고 있다. 양치와 세수하라는 아내의 말을 귓등으로 흘리며 영혼 없는 대답을 한다. 시선은 만화책에 고정되어 있다. 아내의 어두운 기운이 느껴진다. 나는 슬그머니 방으로 들어가서 외출 준비를 한다. 아들과 아내의 신경전 사이에서 자칫 떨어질 불똥을 피할 준비가 되었다. 아내의 날카로운 호통과 함께 긴 하루가 시작되었다.

백화점 주위는 늘 막히고 주차장도 붐비니 버스와 지하철을 이용해 백화점으로 향한다. 대중교통을 이용하는 재미도 쏠쏠하다. 집 앞에서 버스를 타면 백화점까지 한 번에 갈 수 있다. 지하철로 갈아타면 십 분 정도 빨리 도착한다. 아내는 후자를 선호한다. 나는 버스에 앉아서 차창을 바라보며 느긋한 십 분을 즐기지 못하는 게 못내 아쉽다. 버스 뒤쪽에 같이 앉은 아들에게 "우리끼리 버스로 가고 엄마는 지하철로 가도록 내버려 둘까?"라고 말해본다. 아들도 찬성이다. 하지만 아내를 따라 버스에서 내렸다. 아내의 어두운 기운이 폭풍우가 되면 싸워서 이길 자신이 없다. 어제 회식도 한터라 이 상황을 꿋꿋하고 유연하게 버티지 않으면 위험하다.

긴장감을 몸에 불어 넣자 갈증이 난다. 백화점에 도착하자 별다방이 보이고, 커피를 마시는 사람들이 보인다. 아내에게 커피를 마시고 싶다고 하자 아들도 덩달아 무엇인가를 먹고 싶다고 한다. 아내는 오늘의 쇼핑에 집중하기 위해 우리를 달래려고 하는 눈빛이다. 카드를 손에 쥐여주며 기다리라고 한다. 별다방보다 저렴한 커피가게를 추천해 준다. 아들과 나는 냉큼 커피가게로 달려간다. 아이스 아메리카노와 요거트 스무디를 주문하고 쇼핑에서 벗어나 잠시 휴식할 생각에 기분이 좋아진다. 커피와 스무디가 나오는데, 생각보다 시간이 오래 걸린다. 가게 주인은 신참 직원과 같이 주문이 밀린 음료를 만드느라 진땀을 흘리고 있었다. 그 사이 자리를 잡은 아들이 왜 음료가 나오지 않는지 계속 물어온다. 서서히 휴식의 즐거움이 사라질 때쯤 늦어서 미안하다는 말과 함께 음료가 나왔다. 자리에 앉자마자 아내의 호출전화가 온다. 아들과 나는 다음 휴식 시간을 기대하며 황급히 자리를 이동한다. 아내가 보아 둔 옷을 몇 번 입고 벗고 하는 사이에 아들이 서서히 지쳐가는 듯하다.

시간은 점심시간을 넘어선다. 녹은 스무디만큼 아들의 인내심도 녹고 있다. 아들을 데리고 쉴만한 의자를 찾아본다.

구석에 한두 개씩 마련된 의자와 벤치는 이미 아저씨와 아이들로 만석이다. 다 같은 처지이다. 아들과 나는 구석 빈 곳을 비집고 들어가 자리를 잡고 잠시 숨을 돌려본다. 그 뒤로 두세 번의 호출과 쉼을 반복한다. 아들은 배가 고프다며 칭얼거린다. 지금이 고비이다. 쇼핑 지옥에서 아내를 구해 내기는 아직 멀었다. 아들에게 지금 참지 못하면 큰 화가 오리라는 것을 설명했다. 아들도 그동안의 고생스러움을 망치고 싶지 않아 했다. 나는 이해심이 깊어진 아들이 대견했고 나 자신도 아침밥을 단단히 먹고 나왔다는 사실에 안도했다.

아내가 한 달 전부터 가자고 했던 피자가게의 대기 순서가 87번째이다. 일 분에 한 팀으로 계산해도 한 시간에서 한 시간 삼십 분은 기다려야 한다. 아들은 넋이 나간 표정이다. '아들아, 모든 것을 비워라. 오늘은 모든 것을 내려놓아야만 한다.' 아들과 내가 정신 수행을 하는 동안 아내는 못다 한 쇼핑을 한다고 한다. 그래, 오늘 하루는 아내의 날이다. 누구 한 명이라도 기쁘고 즐거울 수 있다면 충분하다. 아들과 백화점 옆 초등학교 운동장을 걸으면서 이야기한다. 아들과 부쩍 가까워진 하루이다. 아내가 마련해준 소중한 시간에 감사하고픈 날이다.

스마트폰

▶ 아들 이야기 ⅠⅠⅠⅠⅠⅠⅠⅠⅠⅠⅠⅠⅠⅠⅠⅠⅠⅠⅠⅠⅠⅠⅠⅠⅠⅠⅠⅠ

　나는 스마트폰 사용에 긍정적이다. 사실 아홉 살까지 핸드폰을 가지지 못했다. 아홉 살 크리스마스 선물로 폴더폰을 받았다. 그 후 2년 정도 폴더폰을 쓰다가 열두 살 때 스마트폰으로 바꿨다. 스마트폰을 가진 후 엄마는 패밀리 링크를 깔아서 나의 스마트폰 시간을 제한하고 있다. 나의 평일 스마트폰 이용 시간은 1시간이고 주말 이용 시간은 1시간 30분이다. 엄마는 내가 스마트폰을 사게 도와준 큰 은인이다. 아빠는 스마트폰 사용에 대해 부정적인 입장이라서 엄마가 아빠를 설득해야만 했다. 나는 다른 아이들은 스마트폰을 거의 다 가지고 있는데 나만 없는 것이 싫다고 했다. 그리고 폴더

폰을 꺼내 전화할 때는 아이들이 놀릴까 봐 부끄러웠다. 그
래서 계속 스마트폰을 사달라고 졸랐다. 스마트폰을 처음 받
았을 때는 꿈을 꾸는 것 같았다. 나도 이제 스마트폰을 갖게
되었다는 생각에 너무 기뻤다.

　　스마트폰을 산 후 여러 가지 크고 작은 사건들이 일어났
다. 아빠의 우려대로 스마트폰 때문에 엄마 아빠와 전쟁 위
기에 놓인 적도 있다. 사실 개인적으로 스마트폰을 엄청 많
이 사용한다고 생각하지는 않는다. 적어도 정해진 시간을 지
켜서 사용하고 종일 스마트폰을 처다보고 있는 것은 아니기
때문이다. 물론 특별한 경우에는 정말 많이 사용하기도 한
다. 친구들을 만나거나 친척들과 여행을 갔을 때는 내가 생
각해도 좀 많이 사용한다. 이렇게 스스로 인정하지만, 엄마
아빠가 이렇게 말할 때는 정말 싫다. 한번은 친구와 게임을
한다고 평소보다 스마트폰을 오래 사용한 적이 있다. 게임
을 하는데 엄마 아빠가 마늘을 까면서 나 들으라는 듯이 "요
즘 스마트폰 사용 시간이 너무 늘어났어. 사준 게 잘못이지."
라고 했다. 나는 그때 기분이 상했다. 그렇게 비꼬듯 말하면
불쾌해지고 엄마, 아빠의 말이 더 듣기 싫어진다. 꼭 그걸 그
런 방식으로 말해야 하나?

기분이 나빴지만, 꾹 참았다. 왜냐하면 나도 잘못을 한 적이 있기 때문이다. 엄마를 속이고 유튜브를 본 적이 있다. 두 번 정도 그런 적이 있다. 엄마는 스마트폰을 사주어서 이런 일이 일어났다고 했다. 내가 스마트폰 사용 시간을 지키지 못하면 스마트폰을 사지 말자고 했던 아빠에게 할 말이 없다면서 나한테 불같이 화를 냈다. 그 벌로 며칠간 스마트폰 사용 금지령을 내렸다. 그런데 이해가 안 가는 점이 있다. 스마트폰을 산 거랑 유튜브를 몰래 본 거랑 무슨 상관이 있는 걸까?

요즘 나는 스마트폰으로 주로 게임을 하며, 유튜브를 보거나 노래를 듣는다. 친구들과 문자를 하기도 하고, 사진이나 동영상도 찍는다. SNS는 엄마가 중학생 때 하라고 해서 아직 하지 않고 있다.

스마트폰은 중독적인 것 같긴 하다. 엄마, 아빠도 스마트폰으로 넷플릭스를 보고 유튜브를 보고 게임을 한다. 아빠는 일도 한다. 아이러니하게도 나한테 스마트폰을 적게 사용하라는 부모님이 나보다 스마트폰을 더 많이 사용한다. 그것만 봐도 '역시 스마트폰이란!'이라는 생각이 든다. 나에게 스마트폰은 혼란스럽지만 재미있고 후회스럽지만 유용한 아주 이상하고 요상한 물건이다. 최근 국어 교과서에서 이런 포스터를 보았다. '당신은 스마트폰에 잡혀있나요? 아니면 잡고 있나요?' 나는 이 요상한 물건을 잡고 있는 걸까? 아니면 잡혀있는 걸까?

▶ 아빠 이야기 ||||||||||||||||||||||||||||||||||||||||||||

　언젠가 인간은 영화 〈E.T〉의 외계인처럼 머리가 크고, 손가락 끝이 두터우며, 목 척추가 앞쪽으로 휘어질지도 모르겠다. 스마트폰의 등장 이후 이를 사용하는 사람들의 미래 모습이 그렇게 그려지기도 한다. 기본 통화 기능을 넘어서, 직관적으로 사용할 수 있는 인터페이스로 생활 전반에 광범위하게 스마트폰이 사용되고 있다. 사용 안 해본 사람은 있어도 한 번만 사용해본 사람은 없는 신통방통한 기계이다. 인간의 삶을 한층 편리하게 만들었다는 것은 부정할 수 없는 사실이다. 하지만 인간의 스마트함은 이에 반비례하고 있다. 그뿐인가? 스마트폰은 위험하다. 길을 걷거나 운전을 할 때도 스마트폰 사용에 대한 유혹을 떨치지 못하다가 위험한 상황에 빠지기도 한다. 청소년에게 유해한 정보가 무분별하게 노출되기도 하고 범죄에 사용되기도 한다. 그러니 스마트한 주인이 스마트하게 사용하지 못한다면 부정적인 영향이 가득한 기계일 뿐이다.

이러한 장단점을 몸소 체험하고 있는 나는 어린 아들이 이 기계의 마력에 되도록 늦게 노출되기를 바랐다. 누군가가 말했다. '아이에게 스마트폰을 사주지 않아 싸우느냐, 사주고 사용에 대한 제재로 싸우느냐.'의 문제일 뿐이라고. 나는 전자가 훨씬 낫다고 생각한다. 물론 등 따숩고 배부르면 좋다는 옛말에 더해서 손에 완충된 스마트폰만 있다면 그곳은 파라다이스일지도 모른다. 하지만 인터넷을 떠돌며 끊임없이 검색하고, 타인의 생활을 훔쳐보다가 인정받고 싶은 욕구를 SNS로 드러내고, 짧은 아드레날린을 위한 게임을 하기 위해 와이파이와 5G 사이에서 허우적거리는 동안 나의 뇌와 하루는 깎아져 퇴화하고 있다.

아들 손에 쥐어진 작은 우주, 갤럭시 스마트폰을 구매한 후 아들과 스마트폰을 들고 인증 사진을 찍었다. 상기된 아들과 즐거워하는 아내를 기억하고 싶은 마음이었지만 앞으로 일어날 갈등과 각종 유해 사이트에 대한 노출은 막기 힘들다는 것을 알기에 마음이 무척이나 무거워졌다. 이러한 우려가 현실이 되기까지는 그리 오래 걸리지 않았다. 30분이라는 사용 시간은 '조금만'이라는 말에 쉬이 무너졌고 아내의 호통은 허공 위를 맴돌았다. 유튜브에서 흘러나오는 저급한 말과 "죽여, 때려, 와, 우아."라는 소음은 귓가를 망치처럼 내리쳤다. 이것이 그들의 놀이터라는 것은 알지만 듣기 거북했다. 그러나 막을 수 있는 뾰족한 방법도 알지 못했다. 언제까지 그들만의 놀이터에 폴리스라인을 치고 막을 수도 없는 것이다. 폴리스라인을 넘어 놀이터로 가기 위한 전투와 거짓말은 갈등, 원망, 마음에 멍울을 남기기도 했다. 이 라인을 넘어가면 빠르게 욕구를 만족시키고 말초신경을 자극하는 아이템들이 널려 있음을 안다. 이를 스스로 통제할 수 있는 아이로 성장시키고 싶은 부모는 매일 스마트폰을 사용하는 아이를 마주하며 거대한 미션에 대한 부담을 느낀다. 후회와 미련은 스마트폰의 터치패드를 끌 때만 찾아오기 때문이다. 우리는 죽을 때까지 스스로를 통제하고 제어할 수 있도록 고심하고 성찰해 나아간다. '나도 이 작은 기계 하나 마음대로 하지 못하는데 아이는 오죽할까?' 하는 생각에 나를 먼저 돌아본다.

우리 집 AI 스피커 '헤이 카X오'가 오늘의 날씨를 알려준다. 2023년 새해를 지나는 시점에 영하의 추위가 다가온다. 아이는 말귀를 못 알아듣는 '헤이 카X오'를 여러 번 부르면 호통을 친다. 그것이 내가 스마트폰의 유혹에 빠져 있는 너를 부르는 소리와 같음을 아는지 모르는지.

▶ **엄마 이야기** ⫴⫼⟩⟩⟩⟩⟩⟩⟩⟩⟩⟩⟩⟩⟩⟩⟩⟩⟩⟩⟩⟩⫼⫴⫼⫴⫼

　아이의 스마트폰을 압수했다. 몇 주 전 아이는 문제집을 푼다고 제 방에 들어가 몰래 유튜브를 보다가 나에게 들켰다. 혼을 냈고 아이는 스스로 반성문을 썼다. 또 이런 일이 생기면 스마트폰을 압수하겠다고 으름장을 놓았다. 그 후 며칠간 정해진 시간에 맞추어 스마트폰을 잘 사용하는 듯했다. 그러다 며칠 전, 외출 후 집으로 올라가는 엘리베이터를 기다리는데 아이가 불쑥 운동도 할 겸 계단으로 올라가겠다고 했다. 우리 가족은 종종 운동 삼아 계단을 이용하기에 별 의심 없이 아이를 보내고 집으로 돌아왔다. 그러나 돌아올 예상 시간을 훌쩍 넘기고서야 아이가 집으로 돌아왔다. 아이에게 왜 이렇게 늦었냐고 묻자 아이는 횡설수설 이유를 명확히 대지 못했다. 큰소리로 추궁하니 그제야 유튜브를 보다가 집으로 돌아왔다고 실토했다. 스마트폰에 중독이 된 것이 아닌가 하는 걱정이 들어 심하게 혼을 내고 핸드폰을 압수했다. 아이는 눈물을 뚝뚝 흘렸고 나도 마음이 편치 않았다. 지금이야 엄마의 큰소리에 겁을 먹겠지만 중고등학생이 되면 이런 방법이 통할 리도 없을 거라는 것을 알기 때문이다.

스마트폰이 얼마나 우리 삶에 깊숙이 들어와 있는지 이야기하는 것은 이제 진부하다 못해 싫증 나는 이야기가 되었다. 디지털 세상을 비판적으로 대할 만큼 깊은 성찰도 없고 고도로 발달하는 세상에 겨우 발맞추기도 버거운 나로서는 이 기류를 거스르기가 불가능해 보인다. 그럼에도 아이의 스마트폰 문제는 별생각 없이 받아들이기엔 부모로서 참 어려운 일이다.

스마트폰에 대한 폐해를 여러 매체를 통해 들은 탓일 테다. 변화무쌍한 뇌의 성장기에 있는 아이에게 스마트폰이 끼치는 영향은 매우 부정적이며 부모는 아이의 올바른 성장을 위해 미디어 시간을 통제해야 한다며 전문가들이 힘주어 말한다. 그렇기에 아이를 잘 키우고 싶은 부모이며 불안한 부모이기도 한 나는 그들의 말을 강력하게 믿고 어린 시절에는 미디어 노출을 최대한 하지 않으려 애를 썼다. TV 시간도 제한하면서 책을 읽어주고 자연에서 노는 시간을 확보했다.

그러나 아이가 초등 고학년이 되자 사정이 달라졌다. 스마트폰을 가지고 있지 않은 아이는 반에서 내 아이 포함 2명이라는 이야길 들은 것이다. 아이는 모든 아이가 스마트폰을 가지고 있다며 울먹였다. 아이가 느끼는 소외감을 외면하기 힘들었다. 초등학교 5학년 아이에게 스마트폰을 사주려고 생각했을 때 남편과 의견 충돌이 있었다. 남편은 스마트폰을 사주면 공기기를 이용해 게임 정도만 하는 상황과는 달라질 것이라고 했다. 대학생이 될 때까지 자녀에게 스마트폰을 사주지 않은 직장동료 이야기를 예로 들었다. 스마트폰을 사달라고 조르는 아이와 싸우는 것이 스마트폰 사용 시간 때문에 아이와 싸우는 것보다 더 나을 것이라고 했다. 남편의 말에 일견 동의했지만 나는 흔들렸다. 2G폰을 가지고 다니던 아이는 다른 아이들이 2G폰을 놀릴 것 같다고 울먹였고 누구보다 친구를 좋아하고 남과 다른 것을 싫어하는 아이의 성향을 아는 나로서는 깊은 고민에 빠질 수밖에 없었다. 스마트폰을 사용하는 것은 앞으로의 세상을 살아가는 데 어쩔 수 없는 선택이 될 것이라고도 생각했다. 급기야는 오히려 올바른 사용법을 가르치는 것이 더 나을 것이라는 자기 합리

화에 이르렀다. 결국, 남편에게 자기도 친구 따라 강남 가는 스타일 아니냐는 핀잔을 주면서 스마트폰 구매는 어쩔 수 없는 일이라고 강력하게 주장을 펼쳤다.

　그러다 보니 아이에게 스마트폰 문제가 생기면 남편은 나의 의견은 틀렸고 자신이 예견한 상황이 맞았다는 것을 표정과 몸짓으로 어필한다. 그럴 때면 나는 아이에게 화살을 돌린다. 네가 스마트폰 사용을 잘하지 못하면 엄마는 틀리고 아빠가 맞게 되는 거라고. 그러다가 블루투스 이어폰을 끼고 넷플릭스를 보고 있는 남편을 보면 원망스러운 마음이 든다. 이미 사줬다면 부모가 모범을 보여 아이와 함께 건강한 스마트폰 사용법을 보여주는 게 최선인데 스마트폰을 사준 결정에만 죄를 씌우는 것은 부당하다고 생각하기 때문이다. 한편 나와 다른 시대를 살 아이에게 오래된 아날로그 방식만을 고집하는 것이 아닌가 하는 의구심도 스마트폰을 사주게 된 또 하나의 이유였다. 아이는 스마트폰을 몸에 달고 나오는 포노사피엔스라고 명명되는 시대에 태어났다. 예전에는 상상할 수 없던 직종과 분야에서 새롭게 성공하는 사람들이 나타나고 있다. 어차피 아이가 살아갈 세상은 내가 살았던 세상과는 차원이 다른 새로운 문명의 시대가 될 것이라고 어렴풋이 느끼고 있다. 그러다 보니 아이의 스마트폰 사용에 대한 제대로 된 가이드와 명확한 신념도 없이 어떤 날에는 스마트폰을 보고 있는 멍한 눈의 아이를 참지 못하다가 다른 날에는 아이가 세련되고 성공한 포노사피엔스가 되기를 희망하게 된다.

이런 나는 결국 한심한 스마트폰 사용자다. 침대 머리맡에 둔 스마트폰 알람 소리에 눈을 뜬다. 블루투스 이어폰을 들고 부엌으로 향한다. 스마트폰으로 날씨를 확인하고 그날 기분에 맞는 동영상이나 유튜브가 추천해 주는 영상을 들으며 밥을 한다. 아이가 깰 시간이 되면 이어폰을 빼고 전날 뉴스를 큰소리로 튼다. 아이 학교 건강 상태 자가 진단을 하고 스마트폰을 들고 화장실로 향한다. 하루를 스마트폰으로 시작하고 스마트폰과 함께 끝낸다. 아이를 올바른 스마트폰 사용자로 길러내고 성공한 디지털 노마드로 성장시킬 수 있을지 자신이 없어진다. 결국은 아이를 믿을 수밖에. 압수한 스마트폰을 돌려줘야겠다.

미용실

아이는 눈물을 뚝뚝 흘렸다. 가운을 젖히고 손으로 눈물을 훔쳐냈다. 나는 머리카락이 눈에 들어간다며 손을 넣으라고 했다. 나의 요청대로 아이의 머리카락을 깔끔하게 자른 미용사는 난감한 표정으로 아이 얼굴에 묻은 머리카락을 스펀지로 털어주었다.

초등학교 4학년 때부터 아이는 미용실에 가는 길이면 늘 강한 어조로 말했다. "나 머리 짧게 안 자를 거야." 그러면 나는 달래듯 말했다. "알았어. 약간만 잘라. 근데 엄마는 깔끔한 스타일이 좋은데. 그래도 어느 정도는 잘라야 해." "이건 내 머리카락이야. 왜 자꾸 엄마 마음대로 하려고 하냐고!!"

아이의 목소리가 격양되면 "알았어, 알았어. 네 머리카락이니 마음대로 해."라고 빈정 상한 말투로 대화를 마무리했다.

마음에 드는 미용실을 찾는 일은 생각보다 어렵다. 미용사의 커트 실력은 말할 것도 없고 비용은 합리적이어야 하며, 친절하고 편안한 분위기 또한 필수적이다. 곧 다시 자랄 머리카락이지만 얼굴 이미지를 좌우하는 머리 스타일은 매우 중요하다. 또한 자신의 머리 쪽을 누군가에게 맡긴다는 것은 신뢰가 없다면 어려운 일이기도 하다. 그래서인지 처음 가는 미용실에서 처음 보는 미용사에게 내 머리를 맡기고 있을 때면 왠지 모를 불안감을 느낀다. 그래서 우리 가족은 집에서 50분 거리의 단골 미용실로 간다. 이사 오기 전에 다녔던 곳이고 여동생의 동창이 운영하는 미용실이다. 그녀는 손이 빠르고 세련되게 커트를 하는 편이라 늘 손님이 많아 기다려야 하는 것이 흠이지만 친절하고 손님의 니즈를 정확히 파악하는 오랜 경력 덕분에 대부분은 만족하면서 미용실 문을 나설 수 있었다.

남편과 아이를 데리고 미용실로 들어가 두 명 커트를 부탁한다. 남편은 자신의 머리 모양에 크게 관심이 없는 건지 나와 미용사를 믿는 건지 가운을 입고 어떤 처치도 상관없다는 듯 눈을 감는다. 그러면 나는 미용사에게 원하는 스타일을 이야기하며 의견을 주고받는다. 그래서 남편의 커트 과정은 평화롭다. 남편은 숙련된 미용사의 손길에 꾸벅꾸벅 졸기까지 한다. 자신이 졸면 미용사의 숙련도가 높은 것이고 졸지 않으면 그건 아직 미숙하기 때문이라는 논리를 펼친다. 커트가 끝나고 나면 그때야 겨우 자신의 의견을 흘러가듯 말한다. "이거 너무 젊은 느낌인데? 회사 사람들이 한마디씩 하겠다." 그러면 나는 세련됐는데 무슨 소리냐고 핀잔을 준다. 남편은 내 말에 대꾸하지 않은 채 어깨에 떨어진 머리카락을 탈탈 털어낸다.

아이의 커트가 시작되면 상황이 달라진다. 어릴 때는 아이의 의견 없이 내가 원하는 스타일을 미용사에게 전달했고 아이가 바리캉 느낌을 싫어해서 그걸 달래며 잘라야 하는 불편함만 감수하면 되었다. 그러나 아이가 크면서 아이도 나름 자신만의 기준이 생겼다. 나는 도통 그 기준을 알 수가 없다. 아이의 머리카락은 곱슬이라서 짧게 잘라야 붕 뜨지 않는데 아이는 끝까지 끝만 다듬어서 덥수룩한 머리 스타일을 하겠다고 고집을 부린다. 처음 몇 번은 아이에게는 알겠다고 하고 미용사에게 눈짓으로 조금 더 짧게 자르라는 신호를 주어 내가 원하는 대로 머리카락을 잘랐다. 아이는 몹시 화를 냈고 울며 징징거렸다. 비슷한 나이의 아이를 키우는 미용사가 말했다. "언니, 이제 우리 맘대로 안 돼요. 지들만의 세계가 있어요. 나도 무조건 물어보고 잘라요. 안 그러면 머리 자르러 우리 미용실에 안 와요." 미용사의 말을 듣고 보니 금방 커트를 마친 중학생쯤 되어 보이는 남자아이의 머리카락 모양이 눈에 들어온다. 내가 이해할 수 없는 커트다. 머리카락을 잘랐는지 알 수 없을 만큼 끝만 겨우 조금 다듬은 상태이다. 갑갑한 마음이 올라온다. 그래도 어쩌겠는가. 이제는 어쩔 수 없다는데. 최근에는 내가 싫어하는 헤어스타일을 굳이 하겠다고 고집을 부렸다. 뒷머리를 기르고 옆만 살짝 다듬은 소위 꽁지머리 스타일. 내 기준에는 학창 시절 불량한 아이들이 하던 머리 모양이다. 아이는 그 스타일을 꼭 하겠다면서 미용사에게 자신의 의지를 단단히 전달한다. 나는 그 모습을 보는 것이 영 마뜩잖아 미용실 소파로 돌아와 아이를 처다보지 않는 방법을 택한다. 불량하고 이상한 헤어스타일을 한 아이들의 부모를 이해하지 못했던 지난날을 반성했다. 커트가 끝나고 아이는 거울을 처다보며 마음에 든다며 만족의 미소를 보였다. 자신이 원하는 모양으로 앞머리가 배열될 때까지 덥수룩한 머리를 흔드는 모습을 보니 웃기기까지 하다. 나는 자른 듯 자르지 않은 아이의 머리카락을 보면서 짧은 시일 내에 미용실에 와야 하는 번거로움과 비용 그리고 당최 내 눈에는 이쁘게 보이지 않는 아이의 헤어스타일을 애써 지워보려 한다. 이제 내가 마음대로 할 수 있는 건 내 머리카락과 남편의 머리카락 정도인가 보다. 이거 좋은 건가, 나쁜 건가?

▶ 아들 이야기 ⅰⅰⅰⅰⅰⅰⅰⅰⅰⅰⅰⅰⅰⅰ

오늘은 미용실에 가는 날이다. 그런데 엄마와 의견 조율이 잘되지 않고 있다. 오늘도 어쩌면 내 마음에 들지 않게 머리카락을 깎을 수도 있겠다. 그러면 정말 안 된다. 나는 언제부턴가 머리카락 모양에 신경 쓰게 되었다. 영화 <해리포터 4. 불의 잔>을 본 후로 머리카락을 기르겠다고 결심했다. 해리포터와 론 위즐리를 보고 긴 머리가 멋지다고 생각했기 때문이다.

그전에는 엄마의 결정에 따라서 완전히 짧게 머리카락을 밀었다. 하지만 그 헤어스타일은 싫었다. 앞으로도 머리카락을 기를 생각이고 군대 갈 때를 빼고 내 결정은 영원히 변하지 않을 것이다. 지금 내 머리카락의 길이는 앞머리는 눈썹을 덮고, 뒷머리는 목의 3분의 2 이상을 덮는 길이이다. 나는 이 길이를 지키고 싶기 때문에 미용실에 갈 때 극도로 예민해진다. 엄마와 머리카락 길이를 정확히 정하고 미용사에게 정확히 설명해야 한다. 그렇게 하지 않으면 머리카락을 자른 후 너무 기분이 나빠져서 집으로 돌아오는 내내 엄청 짜증을 내게 된다.

엄마가 이런 말을 한 적이 있다. "이제 엄마 마음대로 할 수 있는 것은 아빠 머리카락뿐이네." 아빠는 어떤 모양이든 길이든 상관이 없나 보다. 내 머리카락은 내 것이고 내 자유인데 엄마가 저런 말을 하는 것이 전혀 이해되지 않는다. 그래도 엄마의 말을 무시할 수 없어 타협하긴 하는데 엄마는 여전히 내 헤어스타일이 마음에 들지 않나 보다. 한번은 아빠와 내가 미용실에서 머리를 자를 동안 엄마가 볼일을 보러 간 적이 있다. 내가 원하는 대로 많이 깎지 않아 머리카락 모양이 마음에 들었다. 나를 만난 엄마는 머리카락을 깎은 게 맞느냐면서 나를 다시 미용실로 데려갔다. 나는 진심으로 엄마에게 화를 냈다. 그래도 엄마는 엄마 마음대로 내 머리카락을 좀 더 짧게 깎았다. 눈물이 찔끔 났다.

그래서 나에게 미용실에 가서 머리카락을 깎는 일은 한편의 전쟁 드라마 같다. 항상 머리카락을 깎는 것으로 엄마와 싸우기 때문이다. 엄마는 전혀 나를 이해하지 못한다. 우리 반 친구들도 대부분 머리를 기른다. 짧은 헤어스타일은 옛날이야기가 되어버렸다. 나는 긴 머리가 나에게 어울린다고 생각한다. 머리카락은 나의 일부이며 내 외모의 반을 차지하는 중요한 곳이다. 엄마에게 아직 말은 않았지만, 2002년 월드컵에 나온 안정환 선수 정도까지 머리카락을 기를 생각이다. 그리고 내 머리카락을 더욱 소중히 여기고 아낄 것이다.

▶ 아빠 이야기 ⅠⅠⅠⅠⅠⅠⅠⅠⅠⅠⅠⅠⅠⅠⅠⅠⅠⅠⅠⅠⅠⅠⅠ

뱅그르르 빨간색 미용 의자를 돌려본다. 회전하는 의자 주변으로 파마약 냄새가 퍼져나간다. 나는 의자에 앉아 발을 까닥이며 책을 보고 있다. 초등학교 3학년, 어머니가 운영하던 미용실은 부산 동상동에 있었다. 작은 방 하나를 포함해 10평 남짓한 미용실은 미용 의자가 3개 정도 있었고 한쪽 구석에는 작은 금고가 있었다. 하교 후 손님이 없을 때는 나와 여동생의 놀이터이자 공부방이 되었다. 단골손님이 하나,

둘 늘어갈 즈음 가게를 닫고 사직동으로 이사를 했다. 어머니는 자식들과 아버지의 뒷바라지 때문이라고 하셨지만, 본인도 힘이 드셨던 모양이다. 어머니의 미용실에 대한 추억은 사용하시던 미용 가위, 자격증과 함께 장롱 깊은 곳에 있다.

중학생이 된 이후로는 짧은 스포츠머리만 했다. 학교에서는 2cm~3cm 정도의 머리카락 길이만 허용되었기 때문이다. 가끔 두발 단속을 하는 날이면 반 전체에 긴장감이 흘렀다. 선생님의 눈을 피해 머리를 최대한 길게 기르던 학생에게는 운명의 날이다. 선생님이 자와 가위를 들고 나타나면 여기저기서 웅성거리는 소리가 들렸다. 곱게 가꾼 머리카락이 서걱서걱 소리와 함께 잘려 나갔다. 앞 머리카락이 잘려 나가면 일명 '호섭이 머리'가 되거나 중앙 부분이 잘려 나가면 땜빵(땜통) 머리가 된다. 곧 탄식과 웃음이 터진다. 울상이 된 친구를 본 아이들은 웃음을 참지 못한다. 다음 날이면 머리를 밀어서 빡빡이 스타일로 오는 친구들과 잘린 상태 그대로 스타일을 유지하는 아이들, 둘로 나뉘었다. 지금은 두발 단속을 한다고 하면 학생들의 인권 탄압이라며 재판이 열릴지도 모를 일이다.

딸랑! 단골 미용실 문을 열자 가게 주인이 반갑게 인사를 한다. 아내는 오늘도 아이와 나를 데리고 미용실로 갔다. 결혼 전 나의 헤어스타일은 "알아서 잘 깎아주세요." 또는 "상고머리로 해주세요."였다. 한번은 서울에서 미용실을 찾은 나에게 헤어 디자이너가 "샤기 컷을 할까요? 울프 컷을 할까요?"라고 물었다. 지방에서 온 촌놈처럼 보이기 싫었던 나는 과감히 샤기 컷을 외쳤고, 삐쭉삐쭉 튀어나온 헤어스타일로 가게 문을 나왔다. 결혼 후에는 이런 걱정도 생각도 할 필요가 없다. 나의 머리카락 모양은 무조건 아내 스타일이기 때문이다. 아내는 나를 미용실 의자에 앉혀 두고 헤어 디자이너와 쑥덕거린다. 나는 다만 회사에 갔을 때 이목을 끌지 않고 단정한 스타일이길 바랄 뿐이다. 그리고 한 시간 이상 기다리지 않아야 한다. 미용실에서 관심 없는 잡지를 뒤적거리며 순서를 기다리는 것만큼 시간 낭비인 것은 없다. 또한 헤어 디자이너의 실력은 프로급이어야 한다. 그 기준은 커트를 하는 동안에 나를 편안히 졸게 해줄 수 있는 기술과 "파마하신 게 아니고 자연산 곱슬이네요."라고 말하는 안목이다. "어머, 파마하셨어요?"라고 말하고 시작하면 자연산 곱슬머리와 인공 파마를 구분하지 못하는 아마추어이다. 내가 머리를 감고 정리를 하는 동안 아들이 미용실 의자에 올라앉았다. 곧 실랑이가 이어진다. 유아 시절에는 전동 가위(바리깡) 소리가 무서워서 미용실을 싫어했던 아들이었는데, 초등학교 고학년이 되자 헤어스타일에 부쩍 관심이 커졌다. 아니, 집착하고 있다. 눈을 치켜뜨고 앞 머리카락을 쳐다보며 슬쩍 흔들어 본다. 그 찰랑거림이 좋은가 보다. 테리우스처럼 머리카락이 바람에 날리는 모습을 상상하는 모양이다. 짧은 머리를 선호하는 아내와 나는 테리우스를 상상하는 아들과는 평행선을 달리고 있다. 헤어 디자이너가 중재하며 아내와 나를 설득한다. 요즘 아이들은 짧은 머리를 하면 놀림감이 될 수도 있다는 논리이다. 나는 기권을 선언한다. 마음에 들지 않지만, 그것은 내 마음이고 아내 스타일은 나에게만 어울리는 스타일인 것이다. 아들은 이미 보이지 않는 테리우스를 (또는 BTS를) 따라 가버린 상태이다. 이마를 훌쩍 덮은 머리카락을 흔드는 아들의 모습은 털북숭이 강아지 같다. 골키퍼 김병지의 헤어스타일로 나온 아들은 기분이 좋은 모양이다. 잠시 자리에 없던 아내는 아들의 헤어스타일을 보자 기겁을 한다. 다시 미용실로 가서 머리를 다듬자고 한다. 또 실랑이다. 울상이 된 아들과 아내를 미용실 근처에 내려다 주고 잠시 한숨을 돌려본다. 잘린 머리카락은 시간이 지나면 자라날 터이고 테리우스는 빡구가 되어도 변함없이 멋질 것이다.

다이어트

　작은 일본식 그릇에 밥을 담았다. 평소 양의 반쯤 담긴다. 밥을 특히 좋아하는 남편을 위한 나름의 아이디어다. 밥을 먹으며 오늘 할 일을 의논한다. 오늘은 자전거를 타기로 했다. 다이어트에 운동은 필수이다. 나는 그 필수를 모든 가족에게 적용시킨다. 한 시간 반의 라이딩 후 스시집에 도착한다. 초밥 세트 A, B, 돈가스 세트 총 3개의 메뉴를 시킨다. 남편은 작은 소리로 "음료는?"이라고 묻는다. 나와 아이를 위한 음료를 묻는 척하지만, 맥주를 마시겠다는 이야기이다. 일본생맥주를 시킨다. 맥주 한잔을 마신 남편의 얼굴이 행복해 보인다. 정말 남편은 살을 좀 빼보겠다는 생각이 없는 걸까? 맥주를 마실 때마다 목젖과 함께 남편의 배가 꿀렁거린다.

건강검진 결과 주2~3회 음주를 하는 남편보다 나의 콜레스테롤 수치가 높다는 사실에 큰 충격을 받았다. 남편에게 술을 줄이고 밥도 줄이고 살도 줄이라고 폭풍 잔소리를 한 것이 부끄러워지는 순간이었다. 그리하여 나는 대학교 이후 처음, 아이를 출산하고도 하지 않았던 다이어트를 본격적으로 시작하였다. 나는 초등 시절을 제외하고는 평생 통통했다. 아니 통통하다고 생각하며 살았다. 51kg이던 대학생 시절에 40kg대를 목표로 하며 다이어트를 했던 적도 있었으니까. 그때는 원푸드 다이어트가 유행이었는데 날씬한 몸매를 드러내는 여름옷을 입고 싶어서 포도 다이어트를 하였다. 하루에 딱 세 송이의 포도만 먹었다. 49.7kg을 체중계에서 보고 학교에 가던 날, 바닥이 자꾸 나를 향해 박치기를 하려는 느낌을 받고 다이어트 중단했었다. 그 후 쭉 50kg 대의 몸무게로 살았고 한 번도 내가 날씬하다고 느끼며 산 적은 없다.

임신하고 입덧으로 살이 쑥 빠지기도 잠시 20주부터 괜찮아진 입덧 덕에 만삭에는 67kg였다. 모유 수유를 했지만, 예전 몸무게로는 돌아오지 않았다. 그러나 조금 통통한 평범한 아줌마 몸매로 살아가는 일에 크게 불만이 없었고 날씬하고 여리여리한 몸매는 타고나는 것이라고 애써 위안하며 달달한 디저트를 즐겼다. 결국 이러한 나의 안일함은 "고지혈증 약을 먹어야 할지도 모릅니다."라는 의사의 경고를 듣게 되는 결과를 가져왔다. 그때 정신이 번쩍 들었고 절대 끊을 수 없을 거 같았던 내 사랑 빵을 끊어가고 있다. 그리고 지금은 효과가 좋다는 간헐적 단식을 하고 있다. 이제 나이가 들어서인지 세끼를 다 먹어 소화해내는 것이 힘들기도 하다.

이렇게 나는 건강을 위해 그리고 조금은 날씬한 몸매를 위해 노력하고 음식을 만들 때도 꽤 신경을 쓴다. 이러한 내 노력에 반해 남편은 크게 살을 뺄 생각이 없어 보인다. 음주 약속도 많고 약속이 없는 날에는 집에서도 꼭 반주를 곁들인다. 밥을 좋아하고 라면도 사랑한다. 그러면 나는 잔소리를 멈출 수가 없다. "뱃살 좀 빼라, 그만 먹어." 등등. 남편은 이런 내 잔소리가 맛있는 반찬이라도 되는 듯 동그랗게 나온 배에 잠시 힘을 주었다가 빼며 야무지게 자신이 먹고 싶은 음식을 먹는다.

아이는 아직 날씬한 편이지만 요즘 먹어대는 양을 보면 걱정이 되기도 한다. 자기는 위대(胃大)하다나? 한참 커야 하는 성장기라 하더라도 먹는 양이 과한 날도 종종 있다. 요즘에는 집밥보다 바깥 음식을 더 잘 먹는 거 같기도 하다. 아이도 나중에 어른이 되어 허벅지는 가늘어지고 배만 나오는 몸매가 될까 걱정이다. 시어머니의 말에 의하면 남편도 한때는 맞는 벨트가 없어서 멜빵을 하고 다닐 만큼 날씬했다고 하니 말이다.

이렇다 보니 아내이면서 엄마인 나는 가족 모두의 다이어트에 막중한 책임감을 느낀다. 그리하여 꾸준히 싱크대 앞에 서서 무언가를 다듬어 씻고 만든다. 건강한 밥상을 차리는 노동의 가치를 남편과 아들이 알아주기를 기대한다. 그렇지만 남편은 크게 살을 뺄 의지나 동기가 없어 보이고 아이는 편의점에서 먹는 컵라면과 삼각김밥이 더 달콤한 모양이다. 이 배신감. 일단 남편보다 높은 내 콜레스테롤 수치나 낮추어야겠다.

▶ 아들 이야기 ᴵᴵᴵᴵᴵᴵᴵᴵᴵᴵᴵᴵᴵᴵᴵᴵᴵᴵᴵᴵᴵᴵᴵᴵᴵᴵᴵᴵᴵᴵᴵᴵᴵᴵᴵᴵ

"그만 먹어라! 그러다 살찔라!" 한창 과자를 먹고 있는데 엄마의 잔소리가 들린다. 엄마는 가끔 내가 음식을 많이 먹을 때 나에게 말한다. 그러다가 돼지 된다고. 하지만 나는 그 말에 동의하지 않는다. 나는 체질이 살이 잘 안 찌고 먹은 것이 모두 키로 가기 때문에 적어도 고등학교까지는 살찔 일이 없을 것 같다. 그리고 나는 위대(위가 크다는 뜻)하고 매일 운동을 하므로 살이 잘 찌지 않을 것 같다.

정말로 다이어트가 필요한 사람은 우리 아빠다. 아빠는 비만이기 때문에 절실히 다이어트가 필요하다. 그리고 술을 좋아하기 때문에 더욱더 살이 찐다. 술과 살 때문에 엄마의 고성이 나온 적이 한두 번이 아니다. 엄마는 나보다도 아빠의 다이어트를 원한다. 엄마는 건강검진 결과에 콜레스테롤이 높다는 진단을 받고 더욱더 다이어트에 힘쓰고 있다. 어제 아침 밥상은 온통 풀밭이었다. 두부도 구워서가 아니라 데쳐서, 치킨너깃이나 돈가스는 닭가슴살 샐러드로 교체되었고 아무튼 밥상이 온갖 풀들로 장식되었다. 엄마의 다이어트 열정이 느껴졌다. 하루에 2끼만 먹고 16시간 공복을 지키고, 매일매일 운동을 하는 등 정말 제대로 하고 있다.

다이어트에 힘쓰는 엄마와 달리 아빠는 정반대이다. 엄마와 있을 때는 저녁도 안 먹고 운동도 하지만 아빠는 일주일의 3번 이상은 밖에서 저녁을 먹고 들어온다. 그 이유는 친구와의 만남, 회식 등이 있다. 내 생각에는 회식보다 친구와의 만남이 더 많은 것 같다. 아빠에게 다이어트할 생각이 없냐고 물어보니 아빠는 "지금이 딱 좋다."라고 말했다. 나는 일부러 밥 먹을 때 "나는 아빠가 살이 안 찐 아빠면 좋겠어."라고 말했지만, 아빠는 "그냥 받아들여라."라고 하면서 웃었다. 가끔 나는 엄마가 아빠에게 그만 먹고 다이어트 좀 하라고 잔소리를 할 때 생각한다. '엄마, 아빠는 정말 다이어트할 마음이 없어 보여.'

나도 아빠처럼 다이어트할 마음이 없다. 많이 먹기는 하지만 아직까지 날씬하고 지금은 성장기니까 살이 아닌 키로 갈 것이고 매일 꼬박꼬박 운동하기 때문이다. 이 두 가지 이유로 나는 다이어트가 필요 없다. 엄마는 내가 많이 먹을 때마다 "어른 되어서 뚱뚱해진다."라고 하지만 어른이 되어서도 운동을 꾸준히 할 것이기 때문에 걱정하지 않는다.

엄마는 건강검진 이후 꽤 몸무게가 줄어든 것으로 보아 성공적 다이어트를 하고 있는 것 같다. 아빠는 다이어트를 전혀 하고 있지 않고 몸무게도 전혀 변화가 없다. 아마도 아빠 스스로 직접적인 현타가 와야 본격적으로 다이어트를 하지 않을까 싶다. 그런데 생각해보면 세상은 넓고 맛있는 음식도 많은데 어떻게 살이 안 찔까 싶다. 아빠가 조금 이해되기도 한다. 나는 다양하고 맛있는 음식을 많이 먹고 행복하게 살고 싶다. 살은 찌지 않으면서.

▶ 아빠 이야기 ‖‖‖‖‖‖‖‖‖‖‖‖‖‖‖‖‖‖‖‖‖‖‖‖‖‖‖

172cm, 65kg, 나의 신장과 체중이다. 지금으로부터 약 23년 전 이야기다. 군대를 다녀온 대부분의 대한민국 평범한 남성들이 그러하겠지만 관리하지 않아도 자연스럽게 유지되던 시절이 있었다. 돌이켜보니 대략 1년당 1kg 정도 삶의 무게가 더해진 것 같다.

대학교 4학년 졸업을 6개월 앞둔 청춘의 끝자락에서 구직이라는 현실은 녹록지 않았다. 상위성적의 대학 동기들은 하나둘 대기업에 취직하기 시작했고 축하 소식을 안주 삼아 초조함을 연거푸 들이켰다. 계절학기로 구멍 난 학점을 메우고 벼락치기 토익점수와 함께 제출한 자기소개서에는 빈곤함이 흘러넘쳤다. 대기업 서류전형 낙첨 소식만 문자로 전해졌다. 그나마 면접까지 올라갔던 친구들도 줄줄이 미끄러져 내려왔다. 그날 저녁 술자리에서 자신의 못남을 탓하며 원망 섞인 한숨을 쉬었다. 반복적인 구직 실패는 연이은 술자리로 이어졌다.

입사지원서용 사진을 새로 찍어야 할 즈음에 몸무게는 급속히 상승하고 있었다. 갸름하던 턱선은 사라지고 목과 얼굴선의 경계가 불분명했다. 발라드 가수 신승훈 닮은꼴로 대학교 신입생으로 입학했었던 나는 변진섭을 거쳐서 마시마로 엽기 토끼가 되어 졸업을 앞두고 있었다. 크리스마스 전날 요행히 한 중소기업 면접을 보았다. 낮술에 취해 자고 있던 나를 대신해서 친구가 내밀어 준 원서는 학교에서 사회로 진출하는 동아줄이 되었다.

사무직인 설계 업무를 하다 보면 본인의 강력한 의지 없이는 살이 찔 수밖에 없다. 설계 업무를 시작하고 한때는 조깅이나 수영을 하기도 했다. 운동은 1개월을 넘기지 못했고 기름진 저녁 회식과 음주는 끊을 수 없는 유혹이었다. 소비하는 기초에너지 대사량이 줄어드는 나이가 되었지만 먹는 음식과 탄수화물의 양은 더 많아졌다. 숨만 쉬어도 살이 쏙쏙 빠지던 시절은 가고 숨만 쉬어도 살이 차오르게 되었다.

남아도는 열량은 배와 옆구리에 차곡차곡 저장되었다. 비만의 정도가 경도를 넘어 고도, 초고도를 향하여 그래프가 치솟아 갔다.

아내는 건강을 우려하며 운동과 단식을 권유하기 시작했다. 이른바 다이어트이다. 나는 아직 다이어트에 돌입할 생각이 없다. 강한 억제에 대한 반발심이 생기기 때문이다. 식욕에 대한 강한 억제는 스프링처럼 되돌아와 더 큰 식욕을 불러온다. 대신 관리라는 이름이 좋다. 조금씩 몸을 관리하며 변화를 관찰하는 것이다. 하루에 두 끼만 먹거나 샐러드 식단으로 먹거나 만 보 걷기 등 스트레스 없이 변화를 줘 보는 것이다. 가장 효과적인 것은 굶는 것이다. 저녁을 굶고 나면 다음 날 바로 얼굴이 갸름(?)해져 있다. 보상을 받는 느낌이라 먹는 즐거움을 대체할 수 있다. 단점은 일시적이라는 것이다. 회식 다음 날이면 거울에는 만화 개구리 왕눈이에 나온 두꺼비 투투가 눈을 껌뻑거리며 나를 쳐다보고 있다.

아들이 길거리에서 나를 보고도 아는 척하지 않은 적이 몇 번 있다. 친구들과 같이 있을 때이다. 여러 가지 이유가 있겠지만 '아빠가 날씬한 멋쟁이였다면 과연 어떨까?'라는 생각을 해보았다. 뚱뚱이 혐오자이신 나의 어머니는 뚱뚱한 아빠

를 아는 척하고 싶지 않은 게 당연하다고 했다. 어머니와 손
자를 빼고는 뚱뚱이 가족인 우리에게는 충격이었다. 그 이후
로 아내는 간헐적 단식을 하며 매일 1시간 이상을 걷는다. 이
제 뚱뚱이 하나만 남아있다. 간헐적인 관리 탓에 더 이상 몸
무게가 증가하고 있지는 않다. 일정한 상태로 숨 고르기 중
이다. 반쪽만 남은 나를 상상하며 아내가 끓인 미역국 냄새
에 이끌려 다시 식탁에 앉는다.

반려동물

　"삐약삐약." 노란 병아리 두 마리를 구매하니 작은 한 마리를 덤으로 받았다. 1980년대에는 병아리 한 마리를 200원 정도에 살 수 있었다. 작은 종이 상자에 담긴 병아리들이 무척이나 귀여웠다. 병아리들을 아파트 내 방에 데려와 쌀알을 먹이로 주었다. 녀석들을 손 위에 올려 두고 노란 털을 만져보았다. 얼마의 시간이 지나야 어미 닭이 될지도 자못 궁금했다. 방 이곳저곳을 구경하던 녀석들을 바라보고 있으니 벌써 잘 시간이 되었다. 녀석들은 무엇이 불만이지 삐약거리면서 소리를 질렀다. 낯선 곳이라 그런지 어미 닭이 그리운 것인지 알 수 없었다. 어머니는 시끄러워서 잠을 잘 수가 없다며 종이 상자를 베란다에 옮겨 두셨다. 다음 날 아침 덤으로 왔던 녀석은 골골대며 누워 있었고 하교 후에 병아리들에게 가보니 녀석은 눈이 뒤집힌 채 죽어 있었다. 너무나도 짧은 순간이었다. 덤으로 얻은 녀석의 삶은 긴 운명은 아니었던 모양이다. 나와 동생은 녀석을 아파트 화단에 묻어 주었다. 정이 들 사이도 없이 떠난 녀석에게 눈물조차 나지 않았다. 녀석이 천국으로 가기를 빌며 다음에는 덤으로 태어나지 않았으면 했다. 그것이 나의 첫 번째 반려동물이었다.

"이것 좀 잘 키워줘. 이사 가는 곳에 이 녀석을 데려갈 수가 없어." 얼떨결에 받아온 페트병에는 난생처음 보는 색깔의 가재가 있었다. 파란 가재였다. 녀석은 나에게 경고라도 하는 듯이 집게발을 흔들어 보였다. 녀석의 결투를 받아들인 나는 깜짝 놀랐다. 녀석의 집게발에 잡힌 나무젓가락의 한 부분이 움푹하게 파인 것이다. 그게 손가락이라면 위험할 일이었다. 다음 날부터 나는 녀석에게 멸치 따위를 진상하며 종종 집게발 힘자랑을 도와주었다. 원래 주인의 품으로 돌아가기는 했지만, 녀석의 집게발과 알 수 없는 비린내는 내 두 번째 반려동물로 기억에 남아있다.

그 이후로 반려동물은 나와는 먼 이야기였다. 아들이 반려동물에 관한 관심을 두기 전까지는 말이다. 길게 나온 앞니와 솜털 속에 감춰진 손톱들이 철조망을 흔들어 댄다. 철조망을 갉아 먹을 기세로 달려드는 다람쥐, 토끼, 모르모트들이 위협적이기까지 하다. 이들에게 먹이를 주는 아이들은 놈들이 오물거리는 모습을 보며 좋아한다. 먹이를 주고 있던 아들이 모르모트를 갖고 싶다고 한다. 번식력이 강한 놈들이라 동물원에서도 골칫거리인 모양인지 판매용 모르모트의 분양가격이 세 마리에 만 원이다. 생각보다 저렴한 분양가격이지만 놈들이 먹어 치운 호박 씨앗 껍질들을 보니 어깨가 무거워진다. 놈들은 특히 냄새가 많이 난다. 묵은 톱밥과 놈들의 변을 치우며 새 톱밥을 자주 대령해야 할 것 같다. 놈들의 수명이 얼마나 길지는 모르지만 죽어도 문제고 번식을 많이 해도 문제다. 아들을 어르고 달래며 어항에 물고기를 다시 키워 보자고 한다. 아들이 5살쯤에 정서 발달과 반려동물을 키우고 싶어 하는 욕구를 해소하기 위해 구피를 키운 적이 있다. 첫 구피가 용궁으로 갔을 때 나는 덤으로 왔던 병아리를 떠올리며 놀이터 화단에 구피를 묻어 주었다. 죽음은 누구에게나 고요하고 엄숙한 일이다. 반대로 새로운 생명은 언제나 신비롭다. 아들이 어항을 바라보다 구피 새끼를 찾은 날에는 집안에 환호성이 들렸다. 그러나 그 새 생명에 대한 환호는 곧 충격으로 변했다. 어른 구피들이 새끼 구피를 먹이로 먹는 것이 아닌가? 그 이후로 아들은 더 이상 구피들에게 관심을 두지 않았다. 나는 구피들이 작은 어항 속에서 스스로의 개체수를 조절하고 있다고 믿고 싶었다. 이후로 용궁으로 가는 구피들의 수가 많아졌고 죽은 구피들을 어떻게 처리할지 난감해졌다. 주변에 물어보니 답변은 간단했다. 생선이나 구피나 같은 개념이라고 했다. 한동안 구피들은 생선 대가리와 함께 음식 쓰레기통으로 보내졌다. 죄책감이 들었다. 아무래도 음식 쓰레기통과 용궁과는 먼 길 같다. 그래서 용궁으로 가는 지름길이길 바라며 변기 물로 그들을 내려보냈다.

아들은 아직도 강아지나 고양이를 키워보고 싶어 한다. 나는 두렵다. 생명을 책임을 지는 것도 그 소멸을 지켜보는 것도. 마지막 남은 한 마리의 열대어가 죽지 않고 몇 개월을 어항에서 버티고 있다. 며칠 뒤 지인의 집에서 분양받아온 구피 새끼들을 같은 어항 풀어 놓았다. 출장을 다녀오니 열대어는 용궁으로 떠났고 그사이에 자란 구피와 그들이 낳은 새끼들이 꼬리치며 몰려온다. 누구보다도 나를 열렬히 반겨

준다. 나의 세 번째 반려동물이 되어 버린 구피들의 식사를 대령해야 하는 시간이다.

▶ 아들 이야기 ⅠⅡⅠⅡⅠⅡⅠⅡⅠⅡⅠⅡⅠ

나에게는 반려동물이 없다. 하지만 정말로 반려동물을 키우고 싶다. 내가 엄마와 아빠에게 반려동물을 키우게 해 달라고 계속 조르고 있지만 엄마는 어른이 되어서 독립한 다음 키우라고 했다. 아빠는 엄마보다는 반려동물에 대해 좀 긍정적인데 지금은 우리 집에 있는 구피만으로 충분하다고 한다.

그렇지만 나는 강아지나 고양이 토끼나 햄스터 같은 반려동물을 키우고 싶다. 기니피그 (남아메리카 대륙이 원산지인 설치류에 속하는 동물)도 키워 보고 싶다. 내가 반려동물을 사달라고 할 때마다 엄마는 "반려동물 하나 키우는 게 애 하나 키우는 것과 같다."라면서 내 요구를 거부하고 있다. 나는 이번 어린이날과 생일에도 한 번 더 반려동물을 키우자고 졸라 볼 작정이다. 여러 가지 이유도 말하고 행동도 바르게 해서 엄마 아빠를 설득해보려고 했지만 엄마는 단호히 안 된다고 한다. 아빠는 반려동물 이야기를 하면 "구피 밥도 안 주면서 무슨!"이라고 한다. 반려동물을 키운다면 진짜 책임감 있게 잘 할 수 있는데 내 말을 믿지 않는 엄마 아빠가 조금 원망스럽다.

주변에 반려동물을 키우는 친구가 많다. 나는 그 아이들을 보면서 부러움과 질투를 느낀다. 왜 쟤들은 키우는데 나는 안 되는지. 아이들이 키우는 반려동물 중 십중팔구는 강아지. 엄마는 강아지는 특히 털이 날린다고 질색한다. 나는 반려동물 중 강아지가 제일 귀여워서 키워보고 싶다. 아빠는 농촌에 땅을 사서 그곳에서 자신의 로망(나와 함께 자전거를 타고 그곳에 가서 농사일도 하고 저녁에는 삼겹살 같은 고기를 구워서 먹는 것)이 실현되면 강아지를 키울 수 있다고 이야기한다.

반려동물을 가지게 되면 나는 진짜 잘 할 수 있다. 반려동물의 볼 일을 내가 맡아서 치울 수 있고 목욕도 시켜줄 수 있다. 그런데 돈이 문제다. 반려동물이 아플 때 병원에 데려가서 돈을 내 줄 수는 없다. 반려동물에게 필요한 먹이도 사줄 수 없다. 그래서 나는 엄마 아빠의 허락이 필요하다.

가끔 내가 반려동물을 키우고 싶다고 졸라 가족 분위기를 망칠 때도 있다. 즐겁게 가족 산책을 마치고 다 같이 마트에 갔다가 엄마가 장을 보는 동안 나는 반려동물 코너로 갔다. 귀여운 동물들을 보니 반려동물을 키우고 싶은 마음이 다시 강해졌다. 나는 엄마에게 반려동물을 키우고 싶다고 계속 졸랐고 결국에는 엄마도 화가 났다. 즐거웠던 분위기를 망쳐 미안하긴 했지만 내가 얼마나 반려동물을 키우고 싶은지 엄마, 아빠가 알아줬으면 좋겠다. 그리고 마지막으로 다시 말해본다. "제발 반려동물 키우게 해주세요!!!"

▶ 엄마 이야기 ⅠⅠⅠⅠⅠ••••••••••••••••••••••••ⅠⅠⅠⅠⅠ•

"엄마야, 깜짝이야." 작은 소리를 내며 흠칫 놀란 가슴을 잡고 최대한 몸을 구석으로 몰아본다. 무섭지만 티내지 않으려 한다. 엘리베이터 안, 반려견 한 마리가 내 쪽으로 냄새를 맡으며 다가온다. "루이야, 이리 와." 반려견의 주인은 개를 부른다. 그러나 그 목소리에서 단호함을 느낄 수 없다. 그러니 개는 주인에게 돌아갈 생각이 없다. 내가 들고 있는 검은색 봉지 안의 크로켓 냄새를 맡은 게 분명하다. 주인은 오히려 '우리 개는 물지 않아요.'라는 말을 하고 싶을지도 모른다. '루이야 이리 와.'는 그냥 개를 좋아하지 않는 사람에 대한 예를 갖춘 제스처에 가깝다. 그럴 만도 하다. 강아지를 쳐다보니 조그마하고 나에게 어떤 공격적 태도도 보이지 않는다. 그래도 나는 무섭고 이질감이 느껴진다. 자기만 이쁜 강아지를 왜 안고 타지 않는 걸까?

　길을 걸을 때면 반려견 산책을 시키는 사람들을 많이 만난다. 가끔 목줄을 매지 않거나 목줄을 느슨히 하는 견주도 있다. 그럴 때면 개를 무서워하는 것을 들키지 않기 위해 노력한다. 요즘에는 반려동물을 좋아하지 않는 것, 특히 개나 고양이를 귀여워하지 않는 사람을 오히려 미개한 사람으로 보는 시선도 있기 때문이다. 애완동물에서 반려동물로 그 위상이 올라간 것이 한몫했을 테다. 그러나 나처럼 동물에 대해 이질감이 있는 인간도 분명히 존재한다. 나는 개나 고양이를 좋아하지 않는 엄마에게서 양육되었고 그리하여 어릴 적부터 어떤 생명도 길러본 적이 없으며 그것에 대한 욕구 또한 없는 인간으로 살아왔다. 게다가 어린 시절 이유 없이 나는 개가 무서웠다. 골목에 개가 있으면 빙 돌아가더라도 다른 길을 선택했다. 초등학교 시절, 길에서 마주한 개가 나를 계속 따라와 울면서 도망쳤던 기억도 있다. 이제는 그때만큼 무섭지는 않지만 개나 고양이의 털은 부담스럽고 만졌을 때 느껴지는 뭔가 물컹하고 어색한 이질감이 유쾌하지 않다. 그럼에도 미개한 인간으로 보이지 않기 위해 굳이 싫어하는 티를 내지 않으려 한다. 그 정도가 내가 할 수 있는 반려동물에 대한 최대한의 대응이다.

그러나 아이가 반려동물을 키우고 싶어 하면서부터 문제가 달라졌다. 아이는 어릴 적부터 개나 고양이를 좋아했고 스스럼없이 쓰다듬고 안았다. 그리고 반려동물을 키우고 싶다고 졸랐다. 외동인 아이의 정서에 반려동물이 좋다고 하니 고민하지 않은 것은 아니다. 내가 동물을 좋아하지 않는다고 해서 아이까지 그러지 않길 하는 마음도 컸다. 그런 내 마음의 갈등 때문인지 아이에게는 명확한 'No' 의사를 밝히지 않은 채 어영부영 몇 년이 지났다. 반려동물 샵을 지나거나, 길에 지나가는 반려견을 보거나, 길고양이를 볼 때면 아이는 어김없이 반려동물을 키우고 싶다고 졸라댔다. 그럴 때면 나는 네가 동물을 잘 돌볼 수 있겠냐는 말로 거절 의사를 대신했다. 강아지와 고양이가 안 되니 햄스터나 기니피그 같은 동물을 키우면 안 되냐고 졸랐다. 그러나 나에게 햄스터는 쥐일 뿐이고 기니피그 또한 귀여움보다는 이상하게 생긴

생명체에 가까웠다.

이런 나와 아이의 갈등에 어느 정도 합의점을 찾아야 했다. 유아 시절 아이는 마트에 갈 때마다 열대어를 구경하기 좋아했다. 열대어 정도는 괜찮을 것 같았다. 집안을 돌아다니거나 소리를 내지 않을 것, 비용이 많이 들지 않을 것, 장기간 집을 비워도 돌봄이 필요 없을 것, 냄새가 나지 않을 것. 어항 안의 열대어 정도가 나의 공간에 용인할 수 있는 최대치 같았다. 나와 접촉할 필요도 없고 정서적 상호작용도 필요 없으니 말이다. 아이는 처음에는 호기심을 가지고 열대어가 죽었을 때 아파트 1층으로 내려가 열대어를 땅에 묻어 주기도 했다. 그러나 시간이 지나자 집에 걸려있는 액자나 장식품 정도로 생각하는 듯하다. 그리하여 어항 청소 및 열대어 밥 주기는 남편의 몫이 되었다. 이런 이유로 나는 아이의 반려동물에 대한 애정은 열대어에게 가졌던 호기심 정도가 아닐까 하며 아이를 설득한다. "엄마는 너를 키우는 것만으로도 충분히 힘들단다. 스무 살이 되어 독립하면 백 마리를 키우든 천 마리를 키우든 마음대로 하렴."

아이는 눈물을 글썽거리며 단호한 엄마의 말에 고개를 끄덕인다. 그런 아이를 보고 잠시 망설이던 내 마음을 다잡는다. '모든 걸 다 가질 수는 없어. 내가 원하지 않는 것을 너를 위해 희생하면서 너에게 잔소리하는 것보다 너의 원망을 듣는 편이 나아.' 이렇게 생각하면서도 여전히 나는 갈등한다. 강아지 눈을 하고 나를 쳐다보며 애원하는 '내 강아지'의 바람을 나는 외면할 수 있을까? 나의 단호함이 변하지 않길. 또 다른 생명체를 돌보며 투덜거리는 내 모습을 만나지 않길.

마트

또 계란이 없다. 30개 한 판을 사봐도 금방 없어진다. 시장 안에 있는 작은 마트에서 계란을 산다. 계란 한 판은 30개이기 때문에 한쪽은 3칸 나머지 한쪽은 2칸으로 나뉘어 끈이 묶여있다. 균형이 맞지 않는 계란판을 들고 10분 거리의 집까지 걸어오는 일은 상당한 에너지를 요구한다. 한 손에는 다른 반찬거리도 들려있다. 계란 때문에 조심히 걸으며 자칫 한쪽으로 쏠릴까 신경을 곤두세운다. 그럴 때마다 생각한다. 주말에 남편이랑 대형마트에 가서 남편에게 들게 하리라.

내가 아닌 누군가를 위해 끊임없이 장을 보는 일은 계란 한 판 나이를 지나고 시작되었다. 집 앞까지 배달이 오는 시대를 살고 있지만 마트에서 사야 할 것도 있다. 내가 마트에서 보낸 시간은 내 인생에서 몇 시간쯤 될까? 서른두 살부터 본격적으로 장을 봤고 일주일에 한 번 평균 1시간 30분을 보냈다고 해도 936시간이다. 당최 얼마나 무언가를 사고 먹어 댔던 걸까?

아이가 어릴 때 마트는 외출에 제약이 많은 어린 자녀를 둔 가족에게는 안전하고 덥거나 춥지 않으며 약간의 볼거리가 있는 꽤 유용한 장소였다. 아이가 어리니 이것저것 살 것도 많았다. 가끔 크게 할인된 기저귀를 사거나 아이에게 먹일 신선하고 잘 다듬어진 재료를 샀을 때는 내가 꽤 현명한 엄마이자 주부로 느껴지곤 했다. 한편 장난감을 사달라고 떼쓰는 아이를 훈육할 수 있는 교육의 장소이기도 했다.

그러나 그것도 잠시, 아이가 사춘기 초입에 들어서고 장난감 코너에 흥미를 잃게 되면서 아이는 더 이상 마트에 따라가지 않으려고 한다. 집에 혼자 두면 게임을 하거나 유튜브만 볼 테니 아이를 설득해 다 함께 마트로 향한다. 마트로 향하는 길 내내 툴툴대는 아이의 투정을 듣다 보면 도착하기 전에 진이 빠진다. 입구에 도착하면 남편은 카트를 끌고 아이는 징징거리며 게임을 시켜줄 수 없냐고 묻는다. 그때 나는 싸고 신선한 물건을 고르느라 정신이 없어진다. 그런 나와 다르게 남편은 카트 손잡이에 몸을 기대어 이것저것 여유롭게 물건을 구경한다. 나는 속전속결로 필요한 것만 사고 마트를 빠져나오는 스타일이다. 정신없는 엄마의 빈틈을 포착한 아이는 열심히 핸드폰 게임을 하고 남편은 나의 보폭에 맞추지 않은 채 세상 가장 여유로운 발걸음으로 내 뒤를 따른다. 새로 나온 라면도 보고 만두 시식도 천천히 한다. "이건 새로운 막걸리네. 이 맥주를 사면 보온 보냉가방을 준다네." 남편은 자신이 좋아하는 것만 보고 구경하면 된다. 슬슬화가 나기 시작한다.

반면 나는 필요한 물건을 한 치의 오차도 없이 착착 담는다. 여기서 필요한 물건은 모두 가족을 위한 것이다. 남편이 좋아하는 갈치, 아이가 좋아하는 치킨너깃, 각종 야채, 우유 등등. 내 것을 살 여유가 없다. 아이가 좋아하는 초콜릿 빨대 3,980원, 내가 먹고 싶은 쿠키 3,590원. 나는 아이에게 핀잔을 주면서도 아이 것은 담고 내 것은 뺀다. 카트 하나가 금방 꽉 차버린다. 그렇게 사고 또 사도 마트를 돌면 돌수록 또 사야 할 것이 있다. 피곤하다. 빨리 마무리하고 집에 가고 싶

다. 계산할 시간이 되면 아이에게 게임을 끄라고 눈을 흘긴
다. 아이는 잠깐만을 열 번쯤 반복한다. 내 목소리가 높아지
면 겨우 게임을 끄고 말한다. "엄마 배고파. 나 바나나 우유
랑 과자 차에서 먹어도 되지?" 남편은 여전히 여유롭다. 몇
시간이라도 슬슬 걸으며 마트에서 있을 폼이다. 본격적으로
화가 난다.

　계산대에 섰다. 생각했던 것보다 더 많은 물건을 샀다. 마
트에 오면 늘 이런 식이다. 마트에 들어가기 전 종종 가난한
배낭여행자가 되는 상상을 한다. 난생처음 도착한 나라의 낯
선 마트에서는 당장 필요한 것만 살 수밖에 없다. 폭탄 세일
을 해도 한정 물품이 있어도 무의미하다. 비좁은 배낭을 비
집고 들어갈 만큼 꼭 필요한 것만 산다. 그러나 그건 오직 상
상에서 그친다. 여행이 아닌 일상을 사는 나는 언제나 필요
이상으로 물건을 산다. 그나마 먹을 것이 대부분이니 낭비
가 아니라고 애써 위로해본다. 앗, 언제 넣은 건지 알 수 없
는 막걸리와 소주가 카트 안 깊숙이에서 나와 계산대를 통과
한다. 화가 난다.

　집에 돌아와 물건을 정리한다. 포장재를 뜯고 다시 비워
질 냉동실과 냉장실에 구석구석 처박아 넣는다. 그래도 남편

이 계란을 들어주어 편하긴 했다. 정리가 끝나면 엄청난 피로감이 몰려온다. 소파에 궁둥이를 붙이자마자 남편과 아이가 말한다. "오늘 저녁은 뭐 먹을 거야?" 재료들을 훑어본다. 당장 먹을 것이 없다. 시켜 먹어야 하나? 그래도 양심이 있지. 피곤한 몸을 이끌고 싱크대 앞에 선다. 정말 화가 난다.

▶ **아들 이야기** ⅰⅼⅼⅼⅼⅼⅼⅼⅼⅼⅼⅼⅼⅼⅼⅼⅼⅼⅼⅼⅼⅼⅼⅼⅼ

'마트에 가면 사과도 있고 고기도 있고 생선도 있고…' 내가 이 노래로 글을 시작한 이유는 이번 글의 주제가 바로 마트이기 때문이다. 나는 아홉 살까지만 해도 마트에 가는 걸 아주 좋아했었다. 왜냐하면 마트를 구경하고 돌아다니며 과자를 사고 장난감을 사달라고 조르는 게 좋았으니까. 하지만 지금은 여행에서 먹을 거 고르기 같은 필요한 경우를 제외하고 나머지는 집에 남아있는 편이다. 왜냐하면 귀찮고 가봤자 장난감에도 크게 관심이 없기 때문이다. 꼭 가야 하면 폰을 꺼내 게임을 할 기회를 노리지만, 그것도 여러 번 해보고 나니 이동하면서 하기에 불편했다. 그래서 마트에 가면 엄마 옆에서 카트를 밀며 구경을 한다.

Chapter 1. 당신은 누구 편? - 위너를 뽑아주세요!

마트에 가면 나름 내 방식으로 마트 투어를 한다. 과일 코너에서 먹고 싶은 과일을 사달라고 한다. 엄마는 열 번 중 다섯 번은 내가 원하는 걸 사준다. 가끔은 엄마와 같이 과일을 하나하나 골라 담기도 한다. 해산물과 생선 코너는 빨리 빠져나가자고 엄마를 재촉한다. 나는 해산물을 좋아하지 않고 비릿한 냄새가 싫다. 과자가 있는 코너는 내가 가장 좋아하는 코너이다. 묶음 과자를 사면 기분이 아주 좋아진다. 그리고 마트 쇼핑을 끝내고 바나나 우유와 함께 먹는 과자는 언제나 꿀맛이다. 장난감 코너는 어릴 때 가장 좋아하는 코너였으나 지금은 그저 그렇다. 닌텐도 게임 칩이나 추가 조이스틱 외에는 크게 관심이 없기 때문이기도 하고 엄마가 마트에서 장난감을 사준 적이 거의 없기 때문이다.

마트 투어의 꽃은 시식이다. 그래서 냉동식품 코너를 좋아한다. 소시지, 군만두, 치킨너깃 등 다양하게 내가 좋아하는 음식을 맛볼 수 있다. 마지막으로 요거트까지 시식하고 나면 디저트까지 완벽하다. 참, 라면 코너도 빠질 수 없는 곳이다. 내가 좋아하는 라면도 살 수 있고 가끔 라면이나 비빔면 시식도 가능하기 때문이다.

이렇게 광란의 마트 코너 투어가 끝나고 나면 드디어 계산대로 향한다. 계산대에서도 마냥 편하지만은 않다. 엄마와 아빠가 티격태격하기 때문이다. 아빠는 엄마가 정신없이 물건을 사는 동안 몰래 소주, 맥주, 막걸리를 카트에 담아 놓는다. 엄마는 그걸 알아채지 못하고 있다가 계산대에서 직원이 바코드를 찍었을 때 알게 된다. 아빠 때문에 나한테도 과자를 많이 샀다며 불똥이 튈까 봐 조마조마하다. 계산을 마치면 박스에 물건을 담을 때에도 엄마, 아빠를 도와야 한다. 또 아빠를 도와서 짐을 옮겨야 한다. 나는 그때 차에서 먹을 과자와 음료수는 따로 챙긴다. 마지막으로 물건을 싣는 걸 도와주면 그제야 차에 탈 수 있다. 차에서 과자를 와작와작 먹고, 빨대로 우유를 쪽쪽 빨아 먹다 보면 집에 도착한다. 주차장에서 엘리베이터를 타고 집까지 짐을 옮길 때도 나의 역할이 있다. 무겁지 않은 박스를 들거나 엘리베이터를 잡고 있거나 현관문을 열어 엄마 아빠가 들어가기 쉽게 해주는 것이다. 마트 쇼핑이 끝나고 나면 저녁 먹을 시간이 된다. 마트 쇼핑은 귀찮지만 필요한 것이긴 하다. 그러나 가끔의 마트 투어는 괜찮지만 사실 아빠, 엄마를 따라 마트를 따라가고 싶지는 않다.

우리 아파트 주변에는 두 개의 재래시장이 있다. 그중에서도 우리 가족은 K 시장을 더 선호한다. 집에서 더 가깝기도 하고 아내가 자주 이용하는 중소형 규모의 T 마트가 시장 내에 있기 때문이다. 대형마트로는 차로 각각 5분, 15분, 20여 분 거리 안에 있는 H 마트, M 마트, L 마트, E 마트 등이 있다.

아내는 소포장으로 되어 있고, 짧은 시일 내에 소비가 가능한 식료품 위주의 마트 쇼핑을 좋아한다. 제철 과일, 두부, 우유, 계란 등의 신선 제품과 육고기, 생선 등이 대표적인 목록이다. 그래서 짧은 동선과 최단 시간 내에 쇼핑을 끝내고 싶어 한다. 때로는 의류와 냉동제품, 쌀과 물 등을 구매하기 위해 H 마트나 E 마트를 가기도 하지만 창고형 할인 매장은 싫어하는 것 같다. 대형 묶음 포장으로 판매하기에 많은 양을 사서 보관해야 하는 것도 그렇지만 창고형 할인 매장은 쇼핑 후에 그날 먹을 마땅한 찬거리가 없는 경우가 허다하기 때문이다.

아들의 경우 초등학교 저학년까지만 해도 L 마트를 좋아했다. 장난감 매장의 규모가 크기 때문이다. 초등학교 고학년 이후로는 우리와 같이 마트에 가는 것을 싫어한다. 아마도 과자류 몇 개를 제외하고는 관심 사항이 아니기 때문이다. 그래서 우리가 마트 간 사이에 유튜브를 보거나 게임을 하면서 집에 혼자 있으려고 한다.

나는 마트 가는 것을 즐기는 편이다. 철마다 바뀌는 형형색색의 과일들과 싱싱한 채소, 해산물을 보면서 계절의 변화를 느낀다. 물론 하우스 농사와 양식의 발전으로 계절에 무관하게 비싼 가격만 지불하면 무엇이든 구매할 수 있다. 하지만 제철에 나오는 과일과 채소, 해산물은 자연을 섭리를 거스르지 않는 것 같아서 좋다. 주류 할인 상품을 구경하는 것 또한 마트 쇼핑의 즐거움이다. 예전에는 고가의 주류였던 와인도 유통경로가 다양해지고 소비자가 가격을 쉽게 비교해 볼 수 있게 된 탓인지 품질이 괜찮은 와인을 적당한 가격에 구매할 수 있다. 막걸리는 맥주와 소주와 달리 지역별로 양조장에 따라 다양한 맛을 가진다. 시큼한 금정산성 막걸리, 고량주를 드시고 있던 양조장 주인장에게 구매한 밀양 단장의 클래식 막걸리, 이모부가 따라 주시던 창원의 북면 막걸리의 맛을 떠올린다. 슬그머니 연산동 양조장에서 제조

한 부산 생탁을 카트에 담는다. 멀리서 아내가 빨리 오라는 손짓을 한다. 카트 구석에 몰래 담아 놓은 막걸리가 들킬세라 부지런히 움직이는 척을 해본다. 아내는 나의 느긋한 마트 유람기에 질색하며 빠르게 살 것만 사고 나가자고 타박한다. 아마도 오늘 마트의 채소 가격이 재래시장보다 비싼 모양이다. 마트를 두 군데를 갔지만 아내는 결국 재래시장에 가야겠다고 한다.

맙소사. 아내의 장 보는 방법을 존중하지만 가격 변동과 아내의 심리 변화에 따른 이동 경로는 웬만한 체력과 인내심을 가지지 않고서는 따라갈 수 없다. 재래시장 내 과일 가게나 채소 가게는 군데군데 떨어져 위치해 있다. 좋은 물건을 구매하기 위해서 아내는 계속 뺑뺑이를 돈다. A 가게는 비싸고 B 가게는 물건이 좋지 않고 C 가게는 카드가 안 된다는 여러 이유로 재래시장을 오르락내리락하는 것이다. 재래시장을 두세 번 오르락내리락하고 나면 마지막 남은 코스가 반품이다. 시장 내 T 마트의 물건이 더 괜찮다며 재래시장에서 샀던 물건과 검은 비닐봉지를 들고 나선다. '당신이 이겼소 (You Win!).' 반품 세계는 내가 범접할 수 없는 곳이다. 하지만 아내 말로는 어머니는 구매한 지 1년 지난 의류도 반품을 하신다고 하며 대수롭지 않아 한다. 두 사람 다 물건을 사는 이유 중의 하나는 분명 '반품'을 하기 위해서일 것이다. 반품에 성공하고 취소되는 카드 내역서를 보면서 희열을 느끼는 것 같다.

마트 가는 날은 나에게 즐거움이지만 또 다른 다툼의 시발점이기도 하다. 주로 주말에 마트를 이용하는 탓에 개인적인 약속이 잡히면 아내에게 어김없이 듣는 말이 있다. "마트 가려고 했는데." 나로서는 이해할 수 없는 말이기도 하다. 마트 가는 날을 선약으로 잡은 적도 없거니와 마트는 언제든지 갈 수 있기 때문이다. 그래서 마트 가야 하는 것이 가장 우선시돼야 할 일은 아니라고 생각한다. 또한 그 말을 마트에서 항상 최단 코스로, 사고자 하는 것만 구매하고 나오는 아내에게서 듣는 것이라니 울컥 울분이 찬다.

비뚤어진 평행선

Chapter 2

OTL

실패

 아빠 이야기

'4시 44분' 아직 어둠이 내려앉아 있는 시간이다. 3시나 4시에 잠에서 깨던 시간이 조금 더 길어진 걸 보면 치유가 되어 가고 있는 것 같다. 2월 승진 누락 발표 이후 한 달 넘게 심리적인 불안감과 박탈감, 좌절감을 맛보고 있다. 아직 정신과적 치료를 해야 할 정도는 아니라고 생각하지만, 회사에서도 집에서도 어둠의 포스를 풍기며 다니고 있다. 침울하고 우울한 감정은 가족과 주변 사람들에게 들키지 않을 수 없다. 다만 회사에서는 이런 감정을 숨겨야 한다. 어둠의 포스는 감점 요인이다. 밝게 웃으면서 일하는 긍정적인 태도만이 높은 인사고과를 기대할 수 있다. "당신의 마인드는 긍정적이지 않기 때문에 올해도 진급할 수 없습니다."라는 소리를 일 년 후에 다시 듣지 않으려면 최대한 웃으면서 어떤 일이든 할 수 있다는 표정을 지어야 한다. "저요, 저요."라고 손을 흔들며 꼬리를 살랑거리지 않으면 안 된다는 것이다. 부서 동료들은 웃음이 돌아온 나를 보며 이제 좀 괜찮냐고 물어본다. 계속해서 웃지 않는다면 이 회사에서 영원히 웃지 못할 것이기에 웃을 뿐인데 말이다(BGM. 〈내가 웃는 게 웃는 게 아니야〉 리쌍).

　아내와 아들은 나의 기분에 더 영향을 받는 모양이다. 승진 발표 당일 아침 아내는 승진하면 신형 세단을 사자고 했다. 성공한 중년들이 타고 다니는 중형 세단의 풀 체인지 모델이다. 아들은 나의 승진 소식보다 새 차에 대한 기대감에 더 힘차게 아침 인사를 한다. 가족의 바람과는 다른 승진 누락 소식을 전하니 또 한 번 가슴이 아려온다. 아내는 나의 승진 여부보다는 우울감을 뿜어내는 나를 감당하는 것이 힘이 드는 눈치이다. 나의 성향은 아내와는 다르다. 아내는 나를 트리플 A형이라고 한다. 이른바 뒤끝이 있다는 말이다. 그렇지만 나는 동의하지 않는다. 상황을 되새겨보고 잘잘못을 파악한 후 다음 상황에서는 대처할 수 있는 방안을 모색하며 골몰하는 시간이 필요할 뿐이다. 그 시간 동안 나만의 동굴에서 생각에 잠기는 것이다. 아내는 이런 나를 썩은 조개같이 입을 다물고 있다며 눈치를 살핀다. 아들은 태권도 승단시험 실격, 한자 시험 불합격 등등 자신의 실패담을 열거하며 실패와 성장론으로 위로를 대신한다. 아울러 지금 다니는 회사의 장점을 대신 설명해 준다. "아빠, 회사의 장점을 생각해 봐. 휴가 많이 쓰게 해주제, 재택 근무하게 해주제, 호텔 코퍼레이션 쓰게 해주제." 그렇다. 부산에서 이 정도의 일자리는 드물다. 그렇기에 60% 이상의 대량 해고를 겪어내고 15년째 이 회사에 다니며 정년을 꿈꾸고 있다.

시련은 있어도 실패는 없다는 한 경영인의 말이 떠오른다. 평범한 정년까지의 삶은 혼자만의 꿈이다. 나는 올해 배수의 진을 치고 한 해를 임하고 있다. 시련은 나를 한계의 구석으로 내몰아 숨통을 틀어막는다. 고양이 앞에 몰린 생쥐 꼴이다. 이제 정확히 고양이 코를 물어뜯어 그 틈새로 뛰어날아오를 수밖에는 없다. 코를 물어뜯기 위해 야근을 하고 주말에 업무를 위한 공부를 한다. 날아오르기 위해 다른 한 회사에 구직 문의를 해놓고 자기소개서를 준비해본다. 올 한 해 후회 없이 일하고 멋지게 떠나고 싶다. 떠남의 의미가 승진이 될지 다른 회사로 이직이 될지 아직 모를 일이다.

　나보다 세 살 많은 동서의 실직과 이직 소식을 듣는다. 그가 가진 고민의 깊이는 훨씬 깊고 어두울 것이다. 가장의 무게를 더해서 늪지의 바닥으로 침잠해 가며 누군가 손을 내밀어 주길 바라고 있을지도 모른다. 곧 나에게도 닥칠 일이다. 그럼에도 행복은 이 어둠에 있지 않음을 안다. 한 걸음만 뒤로 물러서 자존심에 연연하지 않고 크게 욕심을 내지 않는다면 어둠은 어느새 여명의 감동으로 다가올 것이다.

▶ **엄마 이야기** ||||••••••••••••••••••••||||•||||||•

　온종일 남편의 연락을 기다렸다. 연애 시절에도 이토록 이 남자의 연락을 기다린 적이 있던가. 남편의 승진 여부가 결정되는 날. 종일 카톡 소리에 흠칫 놀랐다. 매번 남편이 아니었다. 퇴근 시간까지 기다렸다 남편에게 전화를 걸었다. 전화를 받는 목소리가 어쩐지 어둡다. "안됐다. 집으로 간다." 남편이 승진하면 시어머니까지 불러 외식하려 했던 계획이 틀어졌다. 복잡한 마음을 누르며 저녁 식사 준비를 했다. 놀이터에 나갔던 아이가 집에 돌아왔다. 아빠의 승진 누락 소식을 전하자 아이는 이미 알고 있다고 했다. "아빠한테 문자 왔더라. 차는 다음에 사자."라고. 승진하면 월급이 조금 더 오를 테니 차를 바꾸자고 했던 이야기가 떠올랐다. 집에 돌아온 남편은 소주 한 병을 마시며 어떻게든 마음을 달래보려 했다. 나는 뭐라 위로할 말이 잘 생각나지 않았지만 남편을 위로하려 애써보았다.

남편은 작년부터 회사에서 여러 도전을 했었다. 해외 주재원과 전문자격을 가지는 직급에 지원했다. 그러나 모두 실패했다. 그때마다 마음으로는 아쉬웠지만 괜찮다고 남편을 위로했었다. 그리고 도전하는 남편이 걱정되기도 했다. 무언가 마음을 잡지 못한다는 느낌이 있었다. 작년에도 남편은 승진을 기대했었는데 실패하고 한동안 꽤 우울해했었다. 그래도 같이 승진하지 못한 동료도 있어 그나마 위로가 되었던 모양이다. 그런데 올해는 상황이 달랐다. 그 동료마저 승진했고 자신만 승진에서 밀려났다. 남편의 마음이 고스란히 전해졌다. 얼마나 자존심이 상할까. 그래서 나는 남편에게 회사를 그만두고 다른 곳을 찾는 것도 방법이라고 했다. 남편이 돈을 벌지 못할 경우를 대비해 나도 다시 공부를 시작

해야겠다고 했다. 남편은 내 말에 크게 위로받는 것 같지 않았다. 몇 날 며칠 밤잠을 설친 걸 보면 말이다.

나 또한 속이 상했다. 그러나 나의 임무는 남편을 위로하는 것이다. 평소에는 미워하고 원수같이 싸우기도 하지만 위기를 맞았을 때는 끈끈한 가족 공동체가 된다. 남편에게 인생을 길고 넓게 보자고 했고 실패는 늘 배움을 남긴다는 교과서적인 이야기를 건넸다. 아이가 처음 태권도 승급심사에서 떨어졌을 때도 아이를 위로하며 '실패는 성공의 어머니'라는 말을 했었다. 너의 이 경험이 얼마나 좋은 것인지를 강조하면서.

그러나 누구나 실패하고 싶지는 않다. 실패하지 않고도 성장하는 방법이 어딘가에 있다면 참 좋을 것이다. 내 인생의 실패를 돌이켜보면 사소한 실패부터 나의 삶에 큰 영향을 주었던 큰 실패들이 있었다. 사실 사소한 실패는 기억나지 않는다. 큰 실패들은 상처가 되기도 했다. 평소보다 아주 못 쳤던 대학 수능시험, 서류전형도 통과하지 못했던 취업 실패, 수많은 면접 실패, 그리고 상상하지도 못했던 두 번의 유산. 이런 실패들은 기억에 강하게 남아 있고 다시 경험하고 싶지 않다. 그 실패를 통해 내가 구체적으로 어떻게 성장했는지 묻는다면 그것 또한 애매하다. 실패를 통해 분명 무언가를 배웠겠지만, 정확히 무엇인지 구체적으로 말할 수가 없다. 당시에는 그저 실패의 늪에서 빠져나오느라 허우적대고 힘만 들었기 때문이다.

그러므로 나는 남편과 아이에게 해주었던 내 위로를 조금 수정해야 할지도 모르겠다. 실패는 실패일 뿐 그것을 통해 무엇을 배울지 앞으로 더 나은 성장을 위해 꼭 좋은 것인지 그건 아무도 모르는 일이다. 그러나 실패는 삶에서 필연적인 것, 다만 인간은 어쨌든 그 실패의 늪에서 허우적대다가 빠져나온다는 것, 그리고 실패를 망각할 수 있는 대단한 능력을 우리 모두 가지고 있다는 것.

남편은 다시 힘을 내어 내년 승진을 위해 열심히 회사에 다닌다. 회사로 출근하는 남편의 뒷모습을 바라볼 때면 미안함과 안타까움으로 마음이 아리다. 내가 해줄 수 있는 것은 하나밖에 없다. 남편이 하루빨리 실패를 망각할 수 있게 하는 것. 그동안 눈여겨봐 두었던 자동차 전시장에 가보자고 해야겠다.

▶ 아들 이야기 ⅠⅠⅠⅠⅠⅠⅠⅠ⎮ⅠⅠⅠⅠⅠⅠ⎮⎮⎮ⅠⅠⅠⅠⅠⅠⅠⅠ⎮⎮⎮ⅠⅠⅠⅠⅠⅠ⎮ⅠⅠⅠⅠⅠⅠ

"잘 칠 수 있겠어?" 아빠가 묻는다. 4급Ⅱ 한자 시험을 치는 날, 시험장으로 들어가기 직전이다. 나는 대답한다. "아마도 잘 되진 않겠지, 그래도 해볼게." 마음을 단단히 먹고 시험지를 펼쳤다. '이런, 이거 모르겠잖아! 어쩌지? 그냥 찍어볼까? 에이, 망했다.' 답을 몰라 빠르게 시험을 끝내버린 나는 찝찝한 마음으로 시험장을 나와 아빠와 만났다. 그리고 3월 24일 결과를 확인, 한자 시험에서 떨어졌다. 변명하자면 4급Ⅱ는 어렵기 때문이다. 그래도 떨어지니 기분이 나빴다.

지난 2월, 아빠도 승진에서 떨어졌다. 아빠는 엄청난 충격을 받은 듯 보였는데 우리에게 괜찮다는 표정과 말투를 억지로 지어내며 떨쳐내려고 하는 것 같았다. 그러나 실제는 그렇지 않아 보였다. 아빠는 회사를 옮길 거라고 말했지만 3월 26일인 오늘까지 그 생각은 실천이 되지 않았다. 나는 아빠가 회사를 옮기지 않으면 좋겠다. 왜냐하면 월급도 꼬박꼬박 나오고 정규직이라서 안정적이고 또 핸드폰도 지원해 주고 나중에 내가 대학교에 가면 학비까지 지원해 주는 회사라서 좋다고 생각하기 때문이다. 하지만 아빠의 충격은 이

　　　　　　　　　　　　　Chapter 2. 비뚤어진 평행선

해는 한다. 왜냐하면 작년에도 승진에 떨어졌으니까. 그뿐만이 아니다. 아빠는 작년에 상하이로 이사 가서 나를 국제중에 보내려는 꿈도 실패했고 또 다른 전문분야 자리로 가는 것도 실패했다. 그 이후 아빠는 올해의 승진을 기대하고 있었는데 그 꿈이 다 물거품이 돼버린 것이다.

나도 실패한 적이 있다. 그건 바로 태권도 심사. 7살 때 나간 태권도 일 품 심사에서 떨어졌다. 그래서 다시 심사에 나가야 했다. 그때 받은 충격은 나도 아빠 못지않았다. 지금은 태권도를 그만두고 검도에 다니고 있지만, 그때의 실패는 추억이자 경험이 되었다.

아빠의 실패는 우리 가족 모두에게 영향을 미친다. 아빠가 우울해지면 우리 가족 전체의 기분이 다운된다. 사실 나는 아빠의 승진 실패가 아쉽지는 않다. 그런데 아빠는 아직도 실패의 상처가 아물지 않은 모양이다. '실패는 성공의 어머니이다.'라고 에디슨이 말했듯이 아빠가 자꾸 실패하는 걸 보니 아무래도 아빠는 크게 성공할 모양이다. 실패를 거듭하면서도 다시 딛고 일어서는 아빠가 대단하기도 하고 안쓰럽기도 하다.

한자 시험을 마치고 아빠를 만났다. "잘 친 것 같아?" 父부가 묻는다. "아니 망한 것 같아." 子자가 답한다. "그래도 하면 된 거다." 父부가 다시 말했다. "그래, 하면 된 거지." 子자가 대답했다. 그렇게 두 실패자는 함께 시험장을 걸어 나왔다.

명절

　명절은 피곤한 기간이다. 미혼 때는 엄마를 도와 튀김을 맡았었다. 의무감으로 큰 집에 가서 친척들 얼굴을 보았고 다들 크게 반가워하는 기색 없이 엄마가 마련한 음식을 나누어 먹고 쫓기듯 헤어졌다. 그래도 친척들을 보고 헤어지면 그 외 시간은 친구를 만나거나 집에서 엄마가 해놓은 음식을 먹으며 뒹굴 수 있었다.

　결혼하고 나서는 명절이 조금 더 피곤해졌다. 친정과 시댁을 오가야 하기 때문이다. 친정엄마는 사위 둘에 엄마의 여동생까지 명절날 함께 모이기에 늘 엄청난 양의 음식을 한다. 명절 후에 며칠은 끙끙 앓으면서도 음식량과 가짓수를 줄이지 못한다. 그 음식은 모두 소비되어야 하므로 자식들을 불러댄다. 서울에서 내려오는 남동생네 일정에 맞춰 명절 하루 전 저녁에 다 같이 친정에 모인다. 자주 보는 여동생네도 함께다. 다 같이 모여 더부룩한 배에 기름진 음식을 채워 넣고 또 넣는다. 피곤한 얼굴로 바리바리 짐을 싸서 내려온 남동생과 올케, 조카가 반가운 것도 잠시다. 올케는 우리가 먹는 내내 부엌을 왔다 갔다 했고 같이 먹자고 해도 소화가 안 되어 배가 더부룩하다며 서 있기를 선택했다. 그러면 시댁에서 불편해 보이는 올케의 표정을 살피게 된다. 나도 모르게 눈치를 보며 끝없는 설거지를 맡는다. 또 자식 셋과 사위 며느리 손자까지 대식구가 모여 좋기는 하지만 여기저기 아픈 엄마가 일해야 하는 상황이 그리 편하지도 않다. 남편은 오랜만에 만난 나의 형제들과도 즐겁게 시간을 보낸다. 술도 마시고 이야기도 하면서 차려진 음식을 여유롭게 즐긴다. 아이는 사촌 동생들과의 놀이를 주도하느라 바쁘다. 왁자지껄 시끄럽게 먹고 마시며 시간을 보내고 만남을 마무리한다.

명절 전날이 되면 시어머니를 만난다. 시어머니는 제사를 지내지 않겠다고 공표하시고 명절 음식도 간단히 하신다. 그래서 전날에는 다른 집들처럼 전을 부치지도 나물을 만들지도 않는다. 그러나 아무리 쿨한 시어머니라도 명절 전날에는 아들 며느리와 시간을 보내고 싶어 한다. "올 필요 없다. 쉬어라." 하시지만 "쉬어."라는 말에는 허락이 담겨있다. 건널목 하나를 두고 마주 보고 사는 시어머니기에 자주 보는 편인데도 명절 전날에는 밖에서 밥을 먹고 커피도 마신다. 어찌어찌 시간을 끌어 하루를 보내고 서로 피곤할 때쯤 헤어진다.

명절 당일에는 성당에 가서 미사를 드리고 시어머니가 만드신 음식을 먹는다. 음식을 하지 않는 며느리이기에 괜히 눈치가 보인다. 음식 재료를 산 과정부터 어떻게 만들었는지 어머니의 이야기를 공손한 자세로 경청한다. 경기도에 사는 시누이네가 내려오면 간단히 음식을 하거나 외식을 하기도 한다. 외식할 때는 그나마 낫지만, 집에서 먹을 때는 항상 어정쩡하게 서 있게 된다. 사장의 지시만을 기다리는 말단사원처럼 상차림을 진두지휘하는 어머니의 명령만 기다리며 기민하게 움직여보려고 한다. 그때도 남편은 아이의 고모부와 술 한 잔 곁들이며 여유롭게 이야기를 나눈다. 아이는 나이차가 나는 동생과 잠시 놀아주다 스마트폰 게임을 하느라 여념이 없다. 할머니 집에서 힘이 약해지는 엄마의 통제를 기가 막히게 알아차린다.

가족이 모이고 함께 시간을 보낸다는 것은 반드시 누군가의 희생이 담보되어야 한다. 누군가는 음식을 만들고 차리고 치워야 한다. 딸이면서 며느리인 나는 그 희생에서 육체적이든 정신적이든 제외될 수 없는 위치기에 명절에 대한 회의감을 가지지 않을 수 없다. 내가 이런 불평을 하면 남편은 언제나 나더러 너무 부정적이라며 가족이 얼마나 힘이 되는 관계이며 좋은 것인지 이야기한다. 남편 또한 아들로서 사위로서 겪어야 하는 어려움이 있을 텐데 그것이 다 상쇄될 만큼 가족과 함께하는 것이 좋다고 느끼나 보다. 그러다 보면 남편은 가족 모임에서 희생해야 하는 부분보다 즐거운 부분이 더 많기 때문이 아닐까 하는 비약에 이른다. 그래서 나는 그것이 폭력적인 가족주의라고 핏대를 세웠다. 가족이면 무조건 친해야 하는 것, 자주 모여야 하는 것, 무조건 아껴야 하는 것, 서로 사랑해야 하는 것, 이 모든 것이 강압적으로 느껴질 때가 있다.

특히 이 의무에 가까운 명절의 만남이 과연 좋은 것인지 묻게 된다. 이런 가족주의 때문에 우리는 서로 가해자이면서 피해자가 되기도 한다. 서로 반갑게 친구처럼 그리울 때 한

번씩 그게 1년이든 2년이든 즐겁게 보면 어떨까? 부모도 자식도 형제자매관계도 어른이 되고 나면 독립된 개체로 어떤 강요 없이 서로 호감으로 만나면 좋을 것 같다. 남편은 그렇게 되면 만나게 되지 않을 거라고 했다. 억지로라도 명절이라는 것을 두어 함께 모이는 데에 의의가 있는 거라고. 20%쯤 동의한다.

명절 연휴 뒤, 산책하며 아이에게 물었다. "너는 명절이 어때?" 아이는 명절은 즐겁고 기대되는 날이라고 했다. 맛있는 것도 먹고 용돈도 받고 사촌 동생들을 만나고 무제한으로 게임도 할 수 있고. 그래. 누구든 즐거우면 됐다. 어쨌든 명절은 끝났다. 나는 엄마와 시어머니가 싸준 명절 음식들을 차곡차곡 냉장고에 처박으며 다시는 열지 않을 것처럼 문을 쾅 닫아버렸다.

▶ **아빠 이야기** ׀׀׀׀׀׀׀׀׀׀׀׀׀׀׀׀׀׀׀׀׀׀׀׀׀׀׀

까치 까치의 설날은 나에게 하얀 입김과 설렘이 있던 명절이었다. 큰집에서 명절을 보내기 위해 하루 전에 친척들이 모였고 벼를 베고 남은 짚과 살얼음이 얼어있는 논두렁을 가로질러 걸으면 흙과 얼음의 사각사각 소리가 나를 반겨주었다. 튀김옷을 따뜻하게 입은 고구마를 한 입 베어 물고 마당에서 윷을 던지거나 연을 날리던 모습이 내가 경험한 설 명절의 그림이었다. 스마트폰과 함께 명절을 보내는 지금의 아이들에게는 낯선 일일지도 모르겠다.

한편 우리 우리의 설날은 어린 나에게 있어서는 아쉬움과 더불어 부모님의 다툼 소리로 끝내는 날이었다. 오랜만에 친척, 형제들을 만나 거나하게 취하신 아버지는 명절 후유증(?)으로 지쳐있는 어머니의 화를 당기는 도화선이 되었다. 어머니는 늘 집으로 돌아오는 차 안에서 시댁에 대한 불만과 피로감을 호소하며 아버지와 다투었다. 당시의 어린 마음에는 누군가가 조금만 양보하거나 배려한다면 싸우지 않고도 해결될 문제들이었다고 생각했다. 이런 생각은 결혼 전까지만 유효했던 것일까.

결혼 전 나에게 가족은 어머니, 아버지, 나, 동생이었다. 결혼 후 더 이상 어머니와 동생은 가족이 아니었고 친척의 대열에 합류했다. 우리 가족은 부부와 아들까지만이라는 아내의 단호함이 있었기 때문이다. 나는 평화를 위해 새로운 정의를 수긍했다. 친척들이 모이는 명절이 되면 소소한 언쟁이 오가거나 마음속에 있었던 이야기들이 서로를 불편하게 할 때가 있다. 이것은 배려와 양보가 부족하다기보다는 서로 간에 얽혀있는 관계 때문이다. 각자의 입장과 사정이 있는 것이기 때문에 때로는 반목하거나 목소리를 높이는 일들이 생기는 것이다. 예를 들면 수도권에 사는 동생들은 부산을 방문하기 위해 먼 걸음을 한다. 지친 일상을 뒤로하고 즐거운 마음으로 오지만 음식 준비나 장거리 이동을 해야 하는 현실은 더 피곤한 상황일 수도 있다. 그들을 맞이하고 대접해야 하는 부모 형제 입장에서는 고향으로 내려오는 친척들이 반갑지만, 그들이 떠나는 날이 더 기다려질지도 모른다.

각 집안의 장남 장녀인 우리는 고향으로 돌아오는 친척들(여동생네 가족과 처남네 가족)을 배려해서 시간을 맞추는 편이다. 외지에 살고 있는 형제들은 일 년에 두어 번 명절 때에만 고향을 찾는지라 반갑기도 하고 반겨주는 것은 마땅히 해야 할 도리라고 생각한다. 하지만 생각이 나와 사뭇 다른 아내는 나에게 늘 타박이다. 왜 그들이 원하지도 요구하지도 않는 만남을 갖자고 설레발을 치냐고 한다. 나는 친척들을 집으로 초대해서 시간을 보내고 싶은 마음이 크다. 내 공간을 같이 나누며 도란도란 이야기하면서 술잔을 기울이다 보면 친척으로 변한 사람들이 가족이 될 수 있다고 생각하기 때문이다. 이러한 나의 초대를 아내는 탐탁지 않아 한다. 실제 그들을 대접해야 하는 부담 때문이겠지만, 아내 성격상 손님들의 방문 자체를 귀찮아하며 꺼리기 때문이다. 명절날 이러한 문제로 우리 부부가 티격태격하는 사이 동생들은 이미 백화점 쇼핑이나 목욕탕에 가서 연락이 두절 되거나 다른 스케줄로 바쁜 경우가 많다. 또 한 번 아내의 승리다.

어머님들과 멀지 않은 곳에 살고 있는 우리 부부는 명절이라고 특별히 어머님들을 뵈어야 하는 것은 아니다. 우리는 2주에 한 번 정도 길어도 한 달에 한 번 이상은 양가 어머님들을 찾아뵙고 식사를 한다. 누구도 강요하지 않지만 그렇게 하지 않고 2주일을 넘기면 마음이 불편하다. 심지어는 어머님들이 심술(?)어린 연락을 먼저 주신다. 가까이 있는 자식들이 조금만 연락하지 않아도 서운함에 심술을 부리던 어머님들은 명절날 오는 타지의 동생들을 융숭히 대접한다. 그럴 때는 뭔가 묘한 감정이 들기도 한다.

그럼에도 불구하고 나는 명절이 기다려진다. 집안의 모든 그릇과 수저들을 가져와서 식탁에 옹기종기 붙어 앉아 식사를 한다. 북적북적 웃음을 버무리고 사랑을 튀겨서 나눠 먹는다. 식구(食口)인 것이다. 그래서 나에게 명절은 더욱 애태우게 즐겁다.

▶ 아들 이야기 ᛁᛁᛁᛁᛁᛁᛁᛁᛁᛁᛁᛁᛁᛁᛁᛁᛁᛁᛁᛁᛁᛁᛁᛁᛁᛁᛁᛁᛁ

드디어 시작된 설 연휴이다. 사실 2023년 설 연휴는 금요일부터 시작되는 것은 아니지만 나의 연휴는 하루 전 시작되었다. 엄마가 특별히 이른바 '폐인 Day'를 주었기 때문이다. 폐인 Day는 내가 원하는 대로 하루를 보낼 수 있는 날이다. 아침에 일어나 게임을 하고 밥을 먹고 또 놀고 또 게임을 하는 하루를 보냈다. 저녁에는 외가 친척들(삼촌, 이모 사촌 동생들)을 보러 갔다. 그래서 나는 남들보다 더욱 빨리 설 연휴가 시작되었다. 설에는 여러 가지 사건이 있었지만, 무사히 넘기고 현재는 학교 개학 후 평범한 일상을 보내고 있다. 옛날에는 온 가족이 한자리에 모여서 설이나 추석 같은 큰 명절을 기념했다고 한다. 하지만 요즘은 간소화되었다. 친척도 6촌 8촌 이렇게 만나는 게 아니라 4촌 정도 만나는 것이 되었다. 적어도 우리 가족 사정은 그렇다.

 나는 명절이 설렌다. 명절이 설레는 이유는 3가지가 있다. 첫째는 사촌들을 만나 놀며 게임을 할 수 있고 둘째 연휴가 최소 3일에서 일주일까지라 좋고 셋째는 맛있는 음식을 먹을 수 있어서다. 특히 양가 할머니의 음식을 기대한다. 할머니들의 음식은 다 맛있지만, 그중에서도 제일 맛있는 것은 바로 탕국이다. 친가 할머니의 탕국은 담백하고 심심하지만 여러 가지 재료가 들어가 있고, 외가 할머니 탕국은 짭조름하고 진해서 밥 말아 먹기 정말 좋다. 그리고 할머니의 음식은 아니지만 명절이 지나고 할머니들의 음식이 우리 손에 듬뿍 들어오면 엄마가 생선과 전이나 튀김을 넣어 잡탕(생선)찌개를 끓여준다. 옛날에는 생선이 들어가서 싫어했지만, 한번 먹어보고 얼큰하고 시원한 국물 맛에 마음을 뺏기고 말았다. 설날 다음 날 아빠와 조조영화를 보면서 팝콘을 왕창 먹어서 속이 느끼했다. 집에 돌아와 엄마가 끓여놓은 잡탕찌개를 먹었는데 느끼함을 싹 내려줄 만큼 맛있었다.

 명절이 되면 엄마, 아빠는 바빠진다. 명절 선물 준비하고 할머니와 친척들과 만난다. 추석은 더 바빠진다. 돌아가신 할아버지 납골당에 가는데 그러려면 준비할 것도 더욱 많아진다. 덩달아 나도 힘들다. 엄마 아빠에게도 명절은 힘든 일인가 보다. 왜냐하면 가족 모임이 끝나고 집으로 들어오면 "아 피곤해."라는 말을 계속하기 때문이다. 여기저기 다니느라 피곤할 만하다는 생각도 들지만, 엄마, 아빠가 우리 집에서 가장 따뜻한 옥돌 소파를 차지할 때는 좀 의심이 든다. 아무래도 둘은 소파를 차지하기 위해 거짓말을 하는 것일지도 모른다.

　나는 명절이 좋다. 그렇지만 이런 의문이 들기도 한다. 과연 이 명절을 기념하지 않은 사람들도 있을까? 그들은 가족을 만나지 않을까? 이 시간에 무얼 할까? 그리고 가족이 없는 사람들은 어떻게 명절을 보내고 있는 걸까?

뒷담화

▶ **엄마 이야기** ‖‖|‖|‖·‖·‖·‖·‖·‖·‖|‖|‖·‖‖|‖|‖‖

학부모가 되면 으레 거치는 코스가 있다. 아이를 등교시키고 삼삼오오 모여 커피타임을 갖는 것이다. 담임선생님의 개인정보, 학원 정보, 체험 클래스 등 다양한 정보가 화수분처럼 넘쳐 나는 곳이다. 수다는 브런치 카페로 옮겨지면서 개인적인 이야기로 변하고 그마저도 화제가 떨어지면 그 자리에 없거나 반에서 문제를 일으킨다는 아이와 그 엄마에 대한 뒷담화가 시작된다. 뒷담화는 흥미롭다. 그동안 허공에 떠돌던 겉도는 이야기보다 훨씬 서로를 강력하게 묶어준다. 너랑 나만 아는 이야기, 서로를 신뢰한다는 전제하에 하는 것이 뒷담화이기 때문이다. 아이가 같은 나이, 같은 학교라는 것 외에 크게 공통점이 없는 엄마들에게 뒷담화만큼 재밌는 공통화제가 있을까? 그렇지만 뒷담화처럼 서로의 뒤통수를 때리기 쉬운 것도 없다. 상대를 믿고 한 이야기는 어느덧 발도 없는데 천릿길을 가곤 했다. "어떻게 그런 말을 전해?"라는 창을 내밀면 상대는 "그거 욕하는 거 아니었잖아. 나는 그런 의도가 아니었어."라는 방패를 내밀었다. 한 엄마는 이렇게 말하기도 했다. "난 진짜 뒷담화하는 거 싫어하는데 그리고 나는 그런 말 하고 다니는 사람은 절대 아닌데 그래서 이때까지 말 안 했는데 너에게만 하는 거야."라고. 그러면 나는 어색한 웃음 외에 어떤 반응을 보여야 할지 몰랐다. 그런 뒷담화 향연의 모임에 갔다가 집으로 돌아오면 해동된 오징어처럼 소파에 드러누워야 했다.

그렇다고 내가 남의 뒷담화를 하지 않는 고고한 인간이라는 뜻은 아니다. 나 또한 누구보다 뒷담화를 좋아하고 재미있어한다. 다만 나는 조금 더 가까운 사람들의 뒷담화를 많이 하는 편이다. 시댁이나 친정 가족 모임을 갔다 오면 여지없이 뒷담화를 한다. "어머니는 왜 그러시는 거야?", "엄마는 왜 저렇게 자기 마음대로야?" 혹은 지인들의 모임에 갔다 와서도 뒷담화 아닌 뒷담화를 한다. "그 부부는 교육방식이 조금 이해 안 가더라.", " 개들 봤어? 수박을 너무 많이 먹더라. 다른 애들은 거의 먹지도 못했어." 뒷담화가 아닌 듯 그 자리의 기억을 회상하는 척하면서 나와 맞지 않은 부분과 내 기준에서 벗어나는 무언가를 꼬집어 이야기해야 직성이 풀린다. 내 뒷담화를 들어주는 대상은 대부분 남편이다. 남편은 가장 안전하게 뒷담화를 할 수 있는 대상이다. 학교 엄마 뒷담화를 해도 그 대상이 누군지도 모르고 지인의 뒷담화도 그냥 덤덤히 들어준다. 다만 친척에 대해 뒷담화하면 늘 가족과 친척에 대해서는 한없이 너그러운 그이기에 나의 뒷담화에 동의하지 않는 것이 흠이기는 하다. 가끔 돈 자랑을 하는 친구의 뒷담화를 하면 "너 좀 부러운가 보네. 그냥 돈 많으니 축하해주면 되지."라고 말해서 나를 뜨끔하게 만들기도 한다. 그래도 뒷담화를 하고 나면 좀 시원한 부분이 있다. 내 감정을 당사자에게 표현하지 못했지만, 뒤에서라도 누구에게든 표현하고 나면 일정 부분 감정이 해소되기 때문이다.

그런데 최근 나는 뒷담화를 자제해야겠다고 생각했다. 가족 모임 후 아이와 남편과 산책을 했다. 나는 여느 때처럼 뒷담화를 시작했다. 이건 이래서 맘에 안 들고 저건 저래서 맘에 안 든다. 남편은 늘 그렇듯 내 말에 큰 반응 대신 "뭐 그렇지, 놔둬라. 그냥."이라는 뜨뜻미지근한 반응을 보였다. 그때 옆에서 내 뒷담화를 듣고 있던 아들이 나에게 말을 건넸다. "엄마는 누굴 만나고 오면 뒷담화를 많이 하는 것 같아. 나는 커서 별로 그러고 싶지 않아." 아이의 말에 입술 앞까지 와 있던 나의 다음 뒷담화를 꿀꺽 삼켰다.

▶ 아들 이야기 ｜ᵢｌ·ₗｌ·ₗｌ｜ｌ·ₗ·ᵢｌ｜｜ₗᵢ·ₗ·ₗｌ｜ｌ·ᵢᵢ·ᵢᵢ·ｌ｜ᵢｌ·ₗ

"어유, 진짜 별로다. 왜 굳이 그렇게 하려고 하는지." 엄마가 친척들을 만나고 헤어진 후, 기다렸다는 듯이 바로 이야기하기 시작했다. 우리는 명절이나 약속 등으로 친척을 만나거나 엄마 아빠의 지인 모임에 가곤 한다. 엄마는 그런 만남 이후, 항상 불평하는 편이다. "이렇고 저렇고, 너무 빨리 만났고, 누구는 뭐를 했는데 마음에 안 들고." 엄마는 사람들을 만나고 저녁 늦게까지 놀고 그러는 것을 좋아하지 않기 때문에 언제나 그런 자리에 가게 되면 항상 불평, 불만이 생기나 보다. 그러면 나와 아빠는 옆에서 적당히 맞장구를 쳐주면서 엄마의 뒷담화가 끝나기를 기다린다.

누구에게나 뒷담화는 즐거운 일이다. 듣지 않고 있는 누군가를 흉보고 그 사람을 평가하는 것은 재밌다. 물론 뒷담화가 좋다는 것은 아니다. 하지만 뒷담화할 때는 짜릿하기도 하고 즐겁기도 하다. 다들 그렇지 않나? 뒷담화는 그냥 하는 게 아니고 좋아서 하는 거라는 걸.

우리 학교에는 일명 '관종'(관심받고 싶어 하는 종, 관심종자)이라고 불리는 녀석 S가 있다. S는 항상 수업 시간에 친구들에게 민폐를 끼친다. 일부러 그러는지 아니면 모르고 그러는지 알 수 없지만, 일명 '트롤짓'을 한다. '트롤짓'이란, 상대를 화나게 해서 관심을 유발하고 그 관심을 오히려 즐기는 것을 뜻한다. 그러다 보니 우리 학교 거의 모든 아이는 S를 뒷담화한다. 굳이 말로 안 하더라도 눈빛이나 행동으로 그걸 표현하기도 한다. 어떤 친구가 나에게 그런 신호를 보내면 나는 잘 알고 있다는 뜻으로 수긍의 제스처를 취한다. 사실 이것도 뒷담화의 일종이 아닐까? 그런데 이건 S만의 문제가 아니다. 아이들 대부분 마음에 안 드는 아이가 있으면 뒤에서 친한 아이들끼리 쑥덕거린다. 뒷담화를 하다 보면 솔직히 재미도 있고 뒷담화를 같이 한 친구와는 더 친해진 느낌도 든다. 하지만 누군가 자신의 뒷담화를 하고 있다는 걸 알게 되면 기분이 어떨까? 생각해보면 그 뒷담화 대상이 내가 될 수도 있다.

그렇다고 뒷담화가 무조건 나쁜 것일까? 누가 내 뒷담화를 한다고 생각하면 기분은 매우 안 좋겠지만 좋지 않은 기분은 일단 털어내고 나면, 다른 사람이 나를 어떻게 생각하는지 알아보는 기회로 만들 수도 있다고 생각한다. 그리고 그들이 말한 안 좋은 행동도 고칠 수 있다. 어쩌면 인류는 지금까지 뒷담화로 성장해 왔을지도 모른다. 뒷담화로 정보를 나누고 뒷담화로 서로 친해졌을지도 모른다. 또 누구는 뒷담화를 듣고 자신의 단점을 고쳐 성장했을지도 모른다. 그러니 뒷담화는 무조건 나쁜 것만은 아닌 것 같다.

오늘 우리는 외할머니를 창원 이모할머니 댁에 모셔다드리고 다 같이 국수를 먹고 헤어졌다. 차에 타서 나는 엄마에게 물었다. "엄마 오늘은 뒷담화 안 해?" "응?" 엄마는 내 말이 무슨 말인지 알아듣지 못했다. "오늘 친척들 만났잖아. 뭐 할 이야기 없냐고." "없는데? 왜?" "이번 글 주제가 그거잖아. 뒷담화." 잠시 후 엄마는 아빠에게 뒷담화를 시작했다.

"엄마는 가족 모임이 끝나고 나면, 왜 뒷담화를 해? 이것은 어떻다. 저것은 어떻다." 아들이 모임 후 돌아오는 차 안에서 묻는다. 아내는 약간 당황해하면서도 아들과 같이 뒷이야기를 이어간다. 누구의 행동은 이러는 편이 좋을 것 같고 누구의 생각은 이러하니 좋은 것 같다는 등의 이야기를 주고받는다.

뒷담화는 재미가 있다. 영화나 책을 읽고 평가하는 것처럼 그 상황에서의 적절한 대처법에 대해 고찰해보는 의미에서 말이다. 바둑에서 경기가 끝난 후 묘수와 패착의 요인을 파악하기 위해 어떻게 수를 두었는지를 살펴보는 복기와 같다. 특정 상황과 관계 속에서 상대방의 언행 그것들에서 오는 감정의 상호작용이 잘되었는지를 들춰보는 것이다. 다만 그 사람이 없는 곳에서 험담으로 이어지는 것이 문제이다. 뒤에서 호박씨를 까는 것만큼 쏠쏠하게 시간이 잘 가는 게 또 있을까.

나는 명절이 끝나고 귀가하는 차편에서 쏟아지던 그 많은 호박씨를 기억한다. 오랜만에 형제와 친지들을 만나서 즐겁게 취한 아버지를 조수석에 앉혀 두고 어머니는 시속 80km만큼의 속도로 호박씨를 뿜어냈다. 어린 나로서는 그 말에 동조하며 박수 칠 수도 술 취한 아버지를 두둔할 수도 없는 입장이었다. 어머니가 목에 핏대를 세울 정도가 되면 아버지가 한마디 하셨다. "거 쓸데없는 소리 한다."

요즘은 그 쓸데없는 소리를 어머니와 아내는 소통의 공감대로 사용하는 것 같다. 친척 모임을 하고 온 날은 어김없이 친척들을 뒷담화한다. 매번 했던 이야기인데 처음 하는 것처럼 열정적이다. 식당에 갔을 때도 뒷담화가 이어진다. 식사를 마치고 나오는 식당을 등 뒤에 두고, "이 집은 이제 끝이다."를 외친다. 심지어 식사 중 밑반찬이 말랐다, 맛이 없다, 더럽다는 등의 후기와 험담을 넘어서는 말을 주고받는다. 나는 까다롭지 않고 대체로 입맛이 있어서 다행이지만 밥맛이 뚝 떨어지는 말들이 아닐 수 없다.

나도 가끔 회사 사람들의 이야기를 하곤 한다. 인사이동과 진급, 연봉, 성과에 대한 이야기들은 자연스레 사람에 대한 평가와 선입견을 낳는다. 한동안 재택근무를 했던 탓에 아내는 인사팀으로 발령을 내도 괜찮을 정도로 사내 조직 상황을 잘 알게 되었다. 가끔 아내와 술안주 삼아 그 사람을 비추어보고, 쉽게 평가하기도 했다. 하지만 그 사람도 나처럼 쉽게 인생을 살고 있지 않음을 안다. 내가 안줏거리가 될 날도 있을 것이고 나의 행동이 도마 위에 오르내릴 수도 있을 것이다.

최근 아들이 단체 채팅방에 어렵사리 초대받아서 들어갔다고 한다. 초대를 받고 최종 투표를 하고 벌점 누적 시에 강제 퇴장을 당하는 조건이었다. 심지어 남들보다는 1.5배 이상의 페널티를 받는다고 했다. 아내는 단체방의 입장 사건을 두고 단체방에 있는 아이들의 부모 입에 아이가 오르내릴까 걱정이다. 좋은 것으로 담화가 이뤄지면 좋겠지만 뒷담화는 일반적으로 그렇지 않으니 더 걱정인 게다.

어려운 일이기는 하지만 본인 스스로가 떳떳함이 있고 그 걸음걸이에 거짓이 없으면 될 일이다. 大道無門대도무문 뒤로 가는 좁은 길에는 문이 많아 수고로움이 많지만, 큰길에는 문이 없어 거칠 것이 없다. 그 뜻이 장대하고 행동에 의로움이 있으면 꺼릴 것이 없다는 것이다. '하늘을 우러러 한 점 부끄러움이 없기를.' 오늘도 평가와 험담의 대상이 되지 않기를. 아들의 카톡 알림 소리에도 덤덤해지기를.

외식

▶ **아빠 이야기** |||ᅵ|ᅵᅵ•ᅵᅵᅵ|ᅵᅵ|•|ᅵ|ᅵᅵ|ᅵᅵ|ᅵᅵᅵᅵᅵ•ᅵ•ᅵᅵ|ᅵ|ᅵ|••••••••

코로나19 전 우리 가족의 마지막 해외 여행지는 베트남이었다. 베트남 사람들은 더운 날씨와 저렴한 물가 때문인지 외식을 선호한다고 한다. 특히 호이안의 아침 풍경은 기억에 남는다. 아침 6시부터 호이안의 거리는 바빠진다. 골목의 개천을 따라 한쪽 거리에는 커피를 파는 간이 가게들이 즐비하게 늘어서 있다. 간이의자에 앉아 사람들이 아이스 밀크커피를 마시고 있다. 새벽시장에는 다양한 채소와 신선한 해산물들이 나와 있고 포장마차 형태의 국숫집이 끝도 없이 들어서 있다. 고수의 알싸한 향이 배어 있는 쌀국수이다. 그곳에는 초등학생으로 보이는 교복을 입은 아이들부터 직장인들까지 아침을 먹고 있었다. 아침 식사는 대부분 집밥을 먹는 나에게 아침 외식은 신기한 광경이었다.

우리 가족은 일주일에 한두 번 외식을 한다. 주로 주말이나 아내가 삼식이들 세 끼에 엄청난 스트레스를 받을 때 외식을 제안한다. 이럴 때마다 아내는 나에게 어떤 음식을 먹을 것인지 물어본다. 물론 답은 이미 아내가 정해 놓았겠지만 집 근방에 있는 음식점들을 머릿속에 떠올려본다. 동네 고깃집부터 중식, 일식, 양식, 분식점을 떠올려 본다. 송x루와 xx반점, 희x등을 지나 스시집, 참치 집, 돈가스, 떡볶이, 수제빗집, 칼국숫집, 옛날 치킨과 코다리찜과 부대찌개, 왕족발, 닭강정 집을 읊어본다. 아내의 반응이 시큰둥하다. 미국식 피자, 한국식 피자, 화덕 피자도, 햄버거도 끌리지 않는다고 한다. 맛집으로 알려진 막국숫집, 밀면집, 만둣집 등도 오늘은 아닌 모양이다. 이즈음이면 인내심의 한계가 온다. 아내가 원하는 적당한 가격에, 건강에도 나쁘지 않은 아내 마음에 드는 외식 메뉴가 내 입에서 나올 때까지 아내는 고개를 젓는다. 그날 결국, 우리는 집에서 짜장 라면을 끓여 먹었다.

한번은 늦은 점심을 먹기 위해 시장에 있는 칼국숫집에 간 적이 있다. 첫 번째 집은 주문을 제대로 받지 못하는 주인장 때문에 나와버렸다. 두 번째 들어간 집은 청결도가 의심된다고 나왔다. 세 번째로 간 집에서야 겨우 칼국수를 먹었지만, 아내는 이 집은 앞으로 더 이상 방문하지 않겠다고 한다. 칼국수를 먹기 위해 가야 할 길이 멀다는 것을 그때 서야 처음 알게 되었다.

막상 우리는 늘 이런 것으로 에너지를 낭비하지만, 자신의 메뉴선택이 탁월했다는 말로 만족감을 얻는 듯하다. 한때 짬뽕이냐 짜장이냐로, 비빔국수이냐 물국수냐라고 각을 세우며 다투던 시절이 있었다. 돌이켜보면 왜 다투었는지 기억나지 않는다. 그저 서로 다른 입맛과 각자 다르게 살아온 삶을 비벼내는 과정이 아니었을까 생각한다.

아침부터 돼지고기 목살을 굽는 모양이다. 어제 시장에서 사 온 데친 봄동잎과 젓갈에 청양초와 마늘이 버무려져 있다. "다 차렸다. 빨리 와라." 아내의 부름이 구수하게 들리는 일요일 아침이다.

남편은 목살을 넣은 상추쌈을 입 안 가득 넣고 우물거리며 말했다. "오늘 저녁엔 뭐 먹을 거야?" 목살을 쌈장에 찍어야무지게 먹고 있는 아이가 말한다. "난 탕수육에 짜장면 먹고 싶어." 삼시세끼를 차려내는 일은 좀처럼 적응되지 않는힘든 일이다. 이력이 날 만도 한데 매끼 무엇을 먹을지 또 다음 끼니는 어떻게 할지 고민한다. 게다가 내가 배가 고프지않을 때도 메뉴를 고민하고 밥을 차려내는 것은 고역을 넘어마음 깊은 곳에서 억울함까지 올라오게 만든다. 그래서 "다굶어!"라고 소리치고 싶다.

그렇다고 내가 영양소를 골고루 생각해 매번 환상의 밥상을 차려내는 것은 아니다. 한 끼는 빵이나 고구마, 시리얼, 라면 따위로 때우기도 한다. 그것도 지겨울 때는 배달을 시키거나 외식을 한다. 나는 메뉴의 폭이 한정되고 포장 쓰레기가 나오는 배달보다는 외식을 선호한다. 게다가 배달은요리 과정의 수고는 덜어내지만, 밥상을 차려야 하고 소량의설거짓거리가 생긴다. 물론 옷을 갈아입고 집을 나서 어딘가를 가야 하는 수고로움이 있지만 오롯이 음식을 먹고 치울 필요 없이 몸만 쏙 빠져나오는 외식이 훨씬 좋다.

그렇다고 외식이 특별한 것은 아니다. 아이에게 맞춰진 외식 장소는 거의 중국집, 돈가스집, 고깃집, 분식집이다. 아이가 크면서 스시 메뉴가 추가된 정도이다. 그러니 나에게 외식을 나가는 목적은 맛있는 음식을 먹으러 나간다기보다 나의 수고로움 없이 한 끼를 때운다는 것에 있다. 게다가 아이 먹이고 남편도 챙기다 보면 진이 빠져 내가 먹을 때쯤이면 입맛이 뚝 떨어지기 일쑤였다. 아이가 어릴 때는 1인분을 먹지 못하니 남편 메뉴 하나, 아이와 내 메뉴 하나를 시켰다. 아이가 다 먹고 배가 부르다고 하면 그때야 남은 음식을 처리하듯 내 외식이 끝났다. 그에 반해 남편은 자신이 원하는 메뉴 1인분을 야무지게 먹었다. 물론 자기 음식을 나에게 나눠주기는 했다. 그래도 뭔가 뱃속은 허했다. 아이가 크고 나서 1인분의 음식을 다 먹게 되면서 나도 겨우 내 1인분을 시키게 되었다.

외식 메뉴를 정하는 일도 쉽지 않다. 나는 꼭 먹고 싶은 것이 있는 날을 제외하고는 남편과 아이에게 뭘 먹고 싶은지 묻는다. 남편은 언제나 튀기고 굽거나 양념이 강한 그리하여 소주를 곁들일 수 있는 메뉴를 제안한다. 영 마음에 들지 않는다. 아이는 대부분 탕수육과 짜장면, 돈가스 등의 메뉴를 무한 반복하여 제안한다. 한동안은 돈가스의 디귿자도 꼴 보기 싫을 만큼 질려버릴 때도 있었다. 그러다 보면 나는 매번 그들의 제안에 썩 긍정적 피드백을 할 수가 없다. 건강에 좋고 비싸지 않으며 맛도 있는 그런 메뉴를 원하기 때문이다. 그렇다고 맨날 집에서 끓여대는 김치찌개나 된장찌개, 비빔밥 등을 돈 주고 사서 먹기엔 영 외식의 의미를 퇴색시키는 것 같아 마뜩잖다.

남편이 제안하는 메뉴에 고개를 젓다 보면 남편은 기분이 상하나 보다. 어떤 걸 제안해도 너는 싫다고 하니 네가 먹고 싶은 것을 정해서 알려달라고 비꼬듯 말한다. 자기는 아무거나 상관없다면서. 마음이 불편해진다. 이미 대패삼겹살에 소주 한잔하고 싶다는 말을 여러 번 해놓고선 아무거나 상관없다니.

아이 또한 마찬가지다. 탕수육이 먹고 싶으면 계속 징징대며 탕수육 이야기를 한다. 혹여라도 자신이 원하는 메뉴를 먹지 못하는 날에는 외식을 가는 내내 투정을 부린다. 대부분 아이가 먹고 싶은 메뉴를 먹는데 그 한번을 양보하지 못하는 아이를 혼내고 나면 이미 식당에 가기도 전에 기분이 상해버린다. 가끔은 너무나 당연히 비싼 메뉴를 아무렇지도 않게 먹겠다는 아이를 보면 '라떼는' 시전을 하게 된다. 어린 시절 나에게 외식은 아주 특별한 일이었다. 엄마가 김치찌 개 한 솥, 카레 한 솥을 끓여놓으면 삼시세끼 내내 똑같은 메뉴를 먹었다. 아무도 불평하지 않았고 맛이 없지도 않았다. 외식은 중국집 정도가 다였다. 그것도 일 년에 몇 번 될까 말까 한 특별한 행사였다. 졸업식이나 입학식 같은 날에나 탕수육을 맛볼 수 있었다. 꼰대가 되고 싶지 않지만, 외식 메뉴를 투정하는 아이에게 탕수육이 얼마나 귀한 음식이었는지를 구구절절 이야기하는 내 모습을 발견한다.

나에게 즐거운 외식은 나의 지인들, 성인 여자들과 함께할 때다. 아무것도 챙길 필요 없이 오롯이 음식과 대화에만 집중할 수 있는 시간. 그런 외식을 하고 나면 배가 부르다.

아이의 방학, 남편의 재택근무. 나는 '악!'하고 소리를 지른다. 아침 먹고 치우고 돌아서니 점심이다. 아이는 배가 고프다고 하고 남편은 내색하지는 않지만 밥을 먹고 싶어 하는 눈치다. "나가서 먹는 게 어때?" 남편과 아이 모두 좋다고 한다. 서로 경쟁하듯 메뉴를 나열한다. 어느 것 하나 내 마음에 드는 게 없다. '지겨워, 지겨워.' 마음으로 소리를 지르며 냉장고에 있는 재료를 확인하고 다시 싱크대 앞에 선다.

때는 2022년 11월 25일, 우리 가족의 목포, 담양 여행의 둘째 날이다. 점심으로 맛있는 떡갈비를 기대한 나는 도착한 가게가 국숫집이라 무척 당황했다. "어라, 우리 떡갈비 먹는 거 아니었어?" 나는 내 앞에 있는 콩나물 국숫집 간판 앞에서 엄마에게 물었다. 그러자 엄마가 말했다. "아빠가 저녁에 떡갈비 먹고 싶대. 소주 한잔하면서." 나는 국수를 그다지 좋아하지도 않고, 떡갈비를 너무 기대한 터라 기분이 상했다. 기분이 좋지 않았기 때문에 국수를 주문하는 게 그다지 즐겁지 않았다. 야외에 자리를 잡아서 테이블이 불편했고 나뭇잎이 떨어지기도 했다. 엄마는 토라져 있는 나를 달래려고 했고 아빠는 내가 계속 짜증 내는 걸 참다가 결국에는 그냥 떡갈비 집에 가자며 화를 냈다. 잠시 후 삶은 달걀과 국수, 얼큰한 국물이 나왔다. 국물을 먹으니 기분이 좀 풀렸다. 콩나물, 김치, 애호박, 당근과 멸치육수 국물, 쫄깃한 면은 나름대로 맛있었다. 짜증을 내서 미안한 마음이 들었다. 엄마는 저녁에는 꼭 떡갈비를 먹자며 나에게 약속했지만, 그 약속은 지켜지지 않았다. 그날 저녁 엄마는 속이 좋지 않아 저녁을 먹지 못했고 아빠와 나는 포장해온 돼지국밥을 따뜻한 숙소에서 월드컵 경기를 보며 냠냠 맛있게 먹었다. 그리고 떡갈비는 다음 날 점심으로 먹었다.

　이렇게 외식 메뉴를 정할 때면 누구 한 명은 마음에 들지 않은 곳에 가게 된다. 심지어 음식 종류는 같은데 만드는 방법에 따라 의견이 갈린다. 치킨이 그 예다. 나와 엄마는 프라이드 순살을 좋아하지만, 아빠는 순살은 만드는 과정이 의심스럽고 치킨은 뼈를 바르는 맛이라며 뼈있는 치킨을 산다. 그냥 살만 먹으면 되는 순살이 왜 싫은지 모르겠다. 그래서 엄마와 나는 순살치킨을 시키고 아빠는 뼈있는 옛날 통닭을 시킨다. 만약 모두의 취향이 같다면 돈을 조금 절약할 수 있었을 것 같다.

　외식 메뉴를 정하는 일은 어렵다. 의견이 안 맞고 각자 먹고 싶은 게 달라서 트러블이 생긴다. 외식 메뉴를 정하다 엄마가 화를 내며 그냥 김치에 집밥을 먹자고 해서 집밥을 먹기도 하고 아예 저녁을 먹지 않게 된 적도 있었다. 나는 대부분 짜장면, 탕수육, 국밥, 돈가스 등 거의 먹고 싶은 메뉴가 비슷하고 엄마는 뭔가 건강에 좋고 자극적이지 않은 프레쉬한 것을 먹고 싶다고 한다. 아빠는 대부분 술을 같이 먹을 수 있는 삼겹살집, 치킨집을 선호한다. 그러니 서로 의견이 맞을 리가 없다. 다행히 외식 메뉴를 정할 때는 내 의견이 많이 반영된다. 그래도 가끔 나도 양보해야 한다. 나는 해산물을 좋아하지 않기 때문에 해산물 메뉴는 절대 말하지 않지만(내 생일에 먹고 반했던 참치회는 제외) 친척이나 엄마 아빠 친구 모임 등에서는 어쩔 수 없이 참는다. 그럴 때는 엄마가 내가 좋아하는 메뉴를 주문해주거나 집에서 만든 도시락을 나에게 주기도 한다. 엄마에게 말하지 않았지만, 항상 감사해하고 있다.

호캉스

"5성급이야? 4성급이야?" 별 개수가 몇 개인 호텔에서 호캉스를 하는지 아들이 물어본다. 기가 찰 노릇이다. 나에게는 호캉스라는 단어가 무척이나 낯설다. 부산에 집을 비워두고 해운대 사무실 옆 빌딩에서 하루 숙박을 한다는 것이 전혀 이해되질 않았다. 심지어 하루 숙박료가 수십만 원을 넘어간다. 출장이나 경조사가 있을 때 가끔 이용하던 숙박 시설이 모텔 정도였던 나에게는 호텔은 언감생심이었다. 여름 휴가조차도 당일치기로 해운대나 광안리 정도면 충분했기에 바캉스를 호텔에서만 보낸다는 것은 새로운 세상이었다.

그런 나에게 아내는 해운대의 '천국 또는 낙원'이라는 P 호텔에서 호캉스를 제안하였다. 회사와의 할인 제휴 계약이 되어 있지만 할인된 가격 또한 만만치 않은 금액이었다. 아내는 캠핑보다는 호텔, 야외에서의 불멍과 삼겹살보다는 호텔식 뷔페를 좋아한다. 극성수기가 끝나고 혜택이 적용되는 첫 평일에 호캉스를 하자고 했다. 아내 생각에는 가성비가 탁월한 선택인 모양이다. 체크인을 하고 라운지 이용부터 한다. 소위 애프터눈 티타임이다. 저녁 식사는 해피아워에 맞춰서 이용한다. 해피아워에는 저녁 6시부터 8시까지 간단한 음식과 주류 및 음료 등이 무제한 제공된다. 단 해피아워는 영원하지 않다. 애프터눈 티타임과 해피아워 시간 사이에는 수영과 온천, 키즈빌리지와 VR존을 즐길 수 있다. 우리는 제한된 시간과 이용 횟수를 고려해서 모든 호텔시설을 알뜰히 이용할 수 있도록 스케줄을 짠다. 나는 해피아워에 취해 호캉스의 가성비에 흡족해하며 고개를 끄덕인다. 호텔 조식은 그중 하이라이트쯤 될 것이다. 집에 있었다면 밥을 해야만 하는 아내는 호텔 조식을 통해 그동안의 수고로움을 보상받는 표정이다. 잘 차려진 식탁과 따뜻한 음식들은 그 자체만으로도 그녀에게 휴식의 달콤함을 선사한다. 한번 같이 호캉스를 간 어머니가 이런 곳에서 식사를 하는 사람들이 어떤 사람들인지 항상 궁금했다고 했다. 그리고 이런 곳에서 식사를 할 수 있는 것에 감사하다고 하셨다. 호텔 유리창 안쪽에는 어쩌면 어떤 사람들에게는 평생 닿을 수 없는 공간이 있는지도 모르겠다. 그 와중에 아들은 플레이스테이션을 한 번 더 이용하고 싶은 모양이다. 아들과 한 번 더 게임을 한다. 유일하게 한 편이 되는 시간이다. 퇴실 시간에 맞춰서 수영장을 이용하면 보너스를 타는 기분이다. 넓은 해운대 바다를 배경으로 미온수 풀장에서 SNS용 사진을 찍는 사람들을 본다. 이들은 전국 곳곳에서 온 천국만 찾아다니는 사람들일까? 아니면 1년 동안 한 푼 한 푼 지옥 같은 삶을 모아서 천국에서의 하루를 보내고 있는 걸까? 호텔 풀장에서 아들이 부른다. 아들은 언제까지 기억할지 모르는 호캉스를 맘껏 즐긴다. 푸른 풀장 바닥을 잠수하여 올라오면 더 푸른 하늘과 잿빛 수평선이 맞닿아 있는 곳이다. 크게 숨을 들이켜 본다. 천국의 맛이다. 천국의 키를 반납하고 나면 아쉬움에 저절로 입맛이 다셔진다.

지인 K형님은 예전의 나와 같다. 아직 천국의 맛을 보지 못한 탓에 호캉스의 장점에 대해 불신한다. 집이 코앞인데 돈 주고 갈 곳이 아니라는 것이다. 사치와 낭비, 허세만이 가득한 곳이라고 한다. 그래서 자신은 차를 몰고 동해안을 달려서 강원도의 조그마한 펜션에서 휴가를 보낸다고 한다. 넘어지면 코 닿을 곳에 그런 돈을 주고 하루를 보내는 것을 이해할 수 없다는 것이다. 그때는 맞고 지금은 틀리다. 누구나 경험하지 못한 것은 두려워하거나 무시하기 마련이다. 천국의 맛을 본 나로서는 이제 다른 천국을 찾아다니며 맛을 평가하고 있다. 낯선 곳에서의 불안감은 천국의 문을 여는 순간 안락함과 평온함으로 바뀐다. 비록 천국에서 힐링하는 시간과 사용료는 적은 금액이 아니지만 잊을 만하면 그리워지는 맛이기에 내년에도 우리는 호캉스를 하게 될 것이다.

▶ 엄마 이야기 ||||··||||||||||||·

과하지 않은 크리스탈 조명 장식과 반짝 윤이 나는 대리석 테이블에 앉아 이쁘게 세팅된 기름진 음식을 먹는다. 친절한 직원들의 고급스러운 서비스를 받고 있자면 잠시 내가 뭐라도 된 기분이다. 바스락거리는 새하얀 시트 위에 몸을 던졌다. 덩달아 아이도 신이 났다. 아이가 태어나고 쾌적하고 편한 곳을 찾아 종종 호텔에서 휴가를 보내곤 한다. 호텔은 현대인들에게 힐링의 장소가 되고 있다. 유명 소설가가 말했듯 집은 편안하지만, 일상의 상처가 배어 있다. 잘 정제된 호텔은 잠시 그 상처를 잊게 한다. 끼니 걱정도 청소에 대한 부담감도 잠시 잊을 수 있기 때문이다. 이번 여름 함께 호캉스를 한 지인은 VIP라운지에서 일했던 호텔리어였다. 가족끼리 호텔에서 시간을 보내는 사람들을 보면서 그녀 자신과 그들이 왜 다른지 의문을 가졌다고 했다. 호텔 로비에서 뛰어노는 아이들을 부러운 눈길로 쳐다보기도 했다. 그런 그녀는 이제 가끔 아이를 데리고 호텔에서 시간을 보낸다. 자신의 아이가 로비에서 뛰어다닐 때면 왠지 모를 안도감이 든다고 했다.

호텔을 자주 다니게 된 건 직장을 다니게 되면서였다. 그전에는 호텔은 내가 갈 곳이 아니었다. 지금처럼 합리적 가격의 호텔이 없던 시절이기도 했다. 돈을 벌고 부모님을 호텔 식당에 데려가니 효녀가 된 것 같았다. 부모님도 딸 덕에 호사를 누린다며 좋아했지만, 우리 가족에게는 삼겹살집이 더 어울렸다. 엄마를 호텔 사우나에 데려가 세신까지 받게 했지만, 엄마는 동네 목욕탕이 더 좋다고 했다. 억대의 회원권으로 피트니스를 가고 사우나에 온 아줌마들과 비슷한 연령대의 청소 관리 아줌마들이 같은 공간에 있었다. 발가벗었을 때 우리는 모두 똑같지만 어떤 이는 그곳을 사용하고 다른 이는 그곳을 청소했다. 나는 손님이었지만 호텔 회원권을 가진 사람들보다 청소 관리 아줌마들이 내 쪽에 더 가깝다는 생각이 들었다. 과도한 친절과 대접을 받을 때마다 맞지 않은 옷을 입고 있는 불편한 느낌이 들었다. 우리 집보다 화려한 호텔 화장실에 정갈하게 개어져 있는 작은 수건들을 보면서 이것은 누구의 노동에 의한 것인지 궁금해졌다.

그럼에도 불구하고 호텔에서 보내는 시간은 잠시 나의 현실을 잊게 해준다. 아이에게도 더 너그러워진다. 호텔 안의 세상은 멀리 가지 않고도 바깥세상과 나의 일상을 단절시켜준다. 바깥세상은 바쁘게 움직이지만 나는 여유롭게 와인 잔을 들고 호텔 창문의 작은 프레임을 통해 그 세상을 관조하듯 구경한다. 안전하고 깨끗하고 안락하고 편안하다. 그리하여 나는 내가 누릴 수 있는 한 호캉스를 맘껏 누려야겠다고 생각한다.

이런 나에게 요즘에 드는 한 가지 고민이 있긴 하다. 처음 남편은 호캉스를 가자는 내 제안에 시큰둥했었다. 집을 놔두고 굳이 호텔에 가서 돈을 쓸 이유가 뭐냐 있냐는 투였다.

나는 그런 남편을 설득했고 처음 갔던 호캉스에서 남편은 꽤 만족한 표정이었다. 라운지에 있는 다양한 술이 한몫했을 테다. 남편은 해피아워를 말 그대로 해피하게 보냈고 와인과 각종 칵테일을 먹고 취하며 행복한 미소를 보였다. 그 후 남편은 가족과 하는 호캉스를 즐기게 되었고 나의 제안을 혼쾌히 수락하였다. 그런데 아이의 반응은 예상 밖이었다. 여러 번의 호캉스가 반복되면서 아이는 호텔의 등급을 매기고 어떤 방이 좋고 어떤 시설이 좋고 어떤 음식이 더 좋은지 평가하기 시작했다. 처음에는 우리 부부가 그러기도 하니 그럴 수 있을법하다고 대수롭지 않게 여겼다. 그런데 최근 방학을 맞아 호텔을 예약하는 나의 옆에서 아이가 말했다. "난 저번에 H 호텔 방이 제일 좋았어. 그건 얼마야? 난 그 정도의 방을 원해. 에잇, 이 방은 좀 좁아 보여. 별로인 것 같아. 5성급은 맞는 거지?" 나는 아이의 태도에 흠칫 놀랄 수밖에 없었다. 나에게 호텔을 예약하는 일은 그것이 어떤 것이든 참 특별한 이벤트인데 아이에게는 그렇지 않을 수도 있겠다는 생각이 스쳤다. 아이와의 간극을 극명히 느끼는 순간이었다. 호텔에서 뛰어노는 자신의 아이를 보며 안도감을 느꼈다는 지인과 달리 무언가가 내 마음에 턱하고 걸려버렸다. 다음 호캉스 예약에 제동이 걸릴지도 모르겠다.

"엄마, 좀 더 좋은 방 잡으면 안 돼?" 호텔 검색을 하고 있는 엄마 옆에 앉아서 말했다. 기왕 가는 건데 좀 더 넓고 좋은 방을 잡아서 가면 좋은 게 아닌가? 하지만 엄마는 내가 원하는 방은 돈이 더 비싸다면서 내 제안을 딱 잘라서 거절했다. 이렇게 말하면 불효자식 같아 보이지만 나름대로 이유가 있다. 지난번 호캉스 때 우리는 스위트룸에 머물렀다. 그게 너무 인상이 깊어서 호캉스를 하게 되면 스위트룸에 묵고 싶다고 말했다. 하지만 엄마는 매번 내 말을 들어주지 않는다.

나에게 호캉스란 깨끗하고 편안하고 넓은 방에서 큰 TV에 닌텐도 게임기를 연결해서 하는 것, 고급스러운 수영장에서 수영을 즐기는 것, 호텔의 꽃, 조식 뷔페에서 마음껏 음식을 먹는 것이다. 이러면 너무 원하는 게 많아 보이지만 나에게 호캉스란 이런 것이다. 내가 조금 더 돈을 쓰더라도 넓고 좋은 방에 가자고 엄마, 아빠에게 말하면 언제나 '라떼' 이야기를 꺼낸다. "라떼는 호텔은 가보지도 못했어. 라떼는 조식 같은 건 상상도 못 했어." 그런데 그런 이야기가 뭐 소용 있나 싶다. 이미 라떼가 아닌데 말이다.

잘난 척일지는 모르지만 나는 호캉스를 많이 다녀봐서 어느 호텔이 좋고 어느 호텔이 나쁜지 비교하는 경지에 이르렀다. 호텔 방에서는 차원이 다른 침대의 폭신함을 느낄 수 있고 수영장에서는 사시사철 수영을 할 수 있다. 조식 뷔페에서는 다양한 음식을 마음껏 맛볼 수 있다. 우리가 자주 간 호텔에는 엑스박스와 플레이스테이션 같은 게임기와 VR 등이 있어서 게임도 맘껏 즐길 수 있다. 이제 자주 가다 보니 처음처럼 엄청나게 좋아하지는 않고 조용히 그곳의 시설을 즐기고 나오는 편이다. 호텔에서 가장 좋은 곳은 화장실이다. 방 안의 화장실도 넓고 좋다. 그래서 나는 화장실을 오래 즐기는 편이다. 또 다른 장점은 모든 걸 우리가 치우지 않아도 된다는 점이다. 알아서 치우고 청소해주니 이거야말로 나에게 딱이다. 집에서는 맨날 엄마에게 치우라는 잔소리를 듣기 때문이다. 한 가지 아쉬운 점은 머무는 시간이 짧다는 거다. 지금까지 우리 가족의 호캉스 기간은 1박 2일이었다. 그래서 호캉스의 기간이 좀 더 늘었으면 좋겠다. 호텔의 모든 시설을 1박 2일 안에 다 즐기기에는 좀 무리기 때문이다.

이렇게 호캉스를 좋아하는 나지만 항상 집으로 돌아오면 엄마와 함께 "집이 최고야."라고 하면서 따뜻한 이불 속으로 들어가 느긋하게 만화책을 본다. 호캉스는 아무래도 일상의 휴식이자 한 번의 달콤함인 것 같다. 그리고 이런 생각도 해 본다. 우리는 이런 호캉스를 종종 하면서 놀지만, 누군가는 한 번도 호캉스를 하지 못하는 건 아닐까? 아니면 모텔 같은 곳에서 모캉스를 하는 걸까?

돈

"엄마, 용돈 줘야지. 이번에 엄청 밀렸어." "아껴 써야 해. 알겠지?" 엄마에게 3주 용돈 2만 천원을 받았다. 내 용돈은 하루에 천 원, 즉 일주일에 7천 원이다. 약간 적다고 생각하지만, 그럭저럭 잘 쓰고 있는 편이다. 주말에 친구들이랑 점심을 먹거나 만화방을 가는 날은 엄마가 따로 조금 돈을 더 주기도 한다. 지금 내 전 재산은 10만 원 정도이다. 이 돈은 내 마블 지갑에 있는데 허락받지 않아도 되고 엄마의 잔소리를 듣지 않고 써도 되는 돈이다. 물론 내 명의로 된 통장도 있다. 300만 원 정도 예금이 되어 있는데 엄마가 관리한다. 엄마는 내가 명절에 친척들에게 받은 돈을 그 통장에 넣어 놓는다고 했다. 하지만 그 말이 믿을만한 것인지는 잘 모르겠다. 내가 어른이 되면 준다는데 엄마 성격에 나에게 그 돈을 줄지도 의문이다.

나는 용돈을 받으면 30% 정도는 저축하고 나머지는 쓰고 싶은 곳에 쓴다. 대부분 친구를 만나 편의점에서 군것질을 한다. 그럴 때 돈이 참 요상하다는 느낌을 종종 받는다. 돈은 힘이 되나 보다. 돈이 있으면 권력을 가진 것처럼 어깨에 힘이 들어간다. 예를 들어 친구 A는 "뭐 먹고 싶은데 돈이 없어."라는 말을 자주 한다. 그럴 때 "난 돈 있어."라고 말하면 괜히 으쓱해진다. 그리고 반대로 내가 돈이 없거나 친구보다 적으면 약간 자존심이 상하기도 한다. 생각해보면 돈은 어떤 면에서 구속이 된다. 돈을 많이 가진 사람은 좋겠지만 누군가는 돈이 없어서 수치스러울 수도 있다. 돈은 비운의 물건이 될 수도 있다. 공부를 잘하는 사람이 돈이 없어서 학교에 가지 못하거나 자신의 꿈을 이루지 못할 수도 있기 때문이다.

재밌는 사실은 이 돈이라는 게 전부 사람들이 만들어낸 허구라는 것이다. 그래픽노블《사피엔스》에서 읽었다. 그래서 돈은 종이 쪼가리인데 그걸로 뭐든 살 수 있으니 이상하다. 아빠는 이 종이 쪼가리를 얻으려고 고생도 하고 좌절도 한다. 그러나 돈이 종이라고 생각하면 크게 욕심을 부릴 필요가 없을 것 같다.

그런데 나도 이 허구의 돈이 좋은 거 같긴 하다. 얼마 전 우리 담임선생님은 한 달 동안 선생님 몸무게로 가상의 주식투자 프로젝트를 진행했다. 선생님이 가상의 돈 100만 원을 모든 아이에게 주셨고 몸무게 상승이나 하락에 자기가 원하는 만큼 투자를 할 수 있었다. 선생님은 저녁 메뉴나 회식 여부도 알려 주셨다. 주말에는 외식할 수 있다는 정보, 운동 정보를 바탕으로 투자를 결정했다. 주식투자를 하지 않고 예금을 넣어 이자를 받아도 되었다. 나는 반은 예금을 했고 나머지 반은 투자했다. 그렇게 투자해서 반에서 여섯 번째로 많은 돈을 벌었다. 그때는 가상의 돈이었지만 기분이 좋아 소리를 질렀다.

앞으로 내가 어른이 되어서 어떻게 돈을 벌지 아직은 잘 모르겠다. 다만 누구든 돈에 구속되는 삶을 살지 않았으면 좋겠다. 그리고 돈을 벌기 위해 잘못된 길로 가지 않기를 바란다. 나는 현재 돈 걱정을 하지 않고 살 수 있지만 그렇지 않은 사람들도 많다는 것을 잊지 말아야겠다.

▶ 아빠 이야기 ǁǀǁ|ǁ|ǀǁ|ǁ|ǀ|ǀ|ǁ|ǁ|ǀ|ǁ|ǀǁ|ǀǁ

오늘은 월급날이다. 카카오톡으로 전해지는 월급 금액을 복사하여 아내에게 공유하며 말한다. "이번 달은 지난달에 비해 금액이 적은 것 같아." 아내는 심드렁하게 "야근을 덜 했겠지."라고 한다. 왠지 '야근을 더 했었어야 했나.'라는 생각이 스쳐 지나간다. 특별히 높임말을 쓰며 "고마워요. 수고했어요. 아껴 쓸게."라는 말은 지난 연말 보너스 받을 때가 마지막이었던 것 같다.

월급 대부분을 여행과 유흥으로 사용하며 카드 리볼빙까지 하던 시절이 있었다. 결혼 후 월급 관리를 아내가 하고 난 뒤에는 당당한 연봉제 회사원에서 시무룩한 용돈제 가장이 되었다. 심지어는 초기에 받던 용돈 금액이 이러저러한 이유에 의해 20% 삭감된 지 어언 14년이 지났다. 용돈 인상은커녕 원상 복귀될 기미조차 없어 보인다. 품위 유지와 물가 인상에 따른 용돈 인상의 건을 아내의 기분에 맞춰 틈틈이 올려 보지만 부결이다. 아내는 코로나19 이후에 점심 도시락을 준비해준다는 것을 강조한다. 오히려 점심값을 아끼게 해주었으니, 나의 용돈으로 맛있는 음식을 사달라고 한다. 점심 한 끼에 만 원을 넘어가는 시대에 살고 있는 직장인에게 소중한 도시락이기는 하다. 그런 보답 차원에서 잠깐 치킨, 중국집을 떠올려 보다 이내 생각을 접는다. 벼룩의 간을 빼먹으려는 아내의 심산이 영 마뜩잖다.

지난번 부의금 사건이 떠오른다. 아내는 경조사비에 인색하다. 본인은 들어본 적 없는 이름이니 경조사비를 지원하지 않겠다고 협박한다. 초등학생 아들이 생일선물로 주었던 현금 봉투를 열어본다. 간직하고픈 아들의 첫 현금 선물을 꺼내어 부의금으로 챙겨 넣는다. 집 대문을 나서는 등 뒤에서 그런 곳까지 경조사비를 내야 하냐며 불만을 쉼 없이 이야기한다. 그러다 보니 예전 회사 동료분의 모친 부고 소식이 있었는데, 부의금을 내지 못했다. 아니 내지 않았다.

아들의 용돈은 주급이다. 저학년 때는 하루 300원이었는데, 고학년이 된 후로는 하루 천 원으로 올랐다. 주말에 친구들과 어울려 종일 나가 놀면서 점심을 먹을 때는 조금 더 받는다. 가끔 현금이 두둑이 있는 아들의 마블 지갑을 보면 깜짝 놀란다. 친구들에게 음료수라도 한턱내기를 좋아하는 아들은 나를 닮았다. 아내는 하루 만에 용돈을 다 써버린 아들을 다그친다. 아들은 점심값이 얼마, 아이스크림이 얼마, 음료수가 얼마라고 읊어댄다. 나는 단지 거스름돈을 잘 챙겨 오는지가 궁금할 뿐이다. 연산 문제를 틀리는 것을 봐서는 걱정이기도 하지만 부루마블을 같이 해보니 곧잘 계산을 잘하는 것 같기도 하다. 아이에게 공평하게 나누어 내는 법 이른바 엔빵(?) 또는 N분의 일을 잘하는 법을 알려주는 아내를 본다. 다음에는 아들의 마블 지갑에 천 원짜리라도 하나 더 넣어 주어야겠다.

아들에게 용돈 지갑이 있다면 아버지에게는 돈 가방이 있었다. 사업에 실패하고 택시 운전을 하시던 아버지는 하루 동안 번 돈을 가방에 넣어 두고 동생과 나에게 필요한 만큼 가져가라고 하셨다. 손때 묻은 천 원짜리 지폐 사이 엔화와 달러도 섞여 있었다. 외국인 손님을 태웠던 모양이었다. 철없던 대학 초년 시절의 나는 아버지의 가방과 그 안에 있는 현금의 가치를 잘 알지 못했고 아버지의 하루를 너무 쉬이 써버렸다. 오히려 가방이 비어 있으면 용돈을 더 달라고 졸랐던 적도 있다. 저렴한 기사식당에서 끼니를 때우고 손님들과 실랑이를 하고 소주 한 병으로 마무리하던 아버지의 하루였다. 지금의 나는 아버지의 하루를 밑거름 삼아 아버지보다 윤택한 삶을 살고 있다. 성인이 될 아들의 하루도 나를 거름 삼아 더욱더 기름질 것이라 믿는다.

현금 원칙주의자인 어머니는 문제가 생길 때 돈으로 해결할 수 있다면 그것이 제일 쉬운 방법이라고 하신다. 그런데 그 쉬운 방법을 쓰지 않는 고수다. 아내는 돈을 쓰면 즐거워야 하는데, 소비하면 할수록 피곤해지고 스트레스가 쌓인다고 한다. 무엇인가 그들에게서 묘한 공통점이 느껴진다. 아내가 소비를 나에게 했으면 하는 간절한 바람과 더불어 신혼 때 약속했던 고급 승용차 렉XX을 언제 사줄지가 궁금해지는 월급날이다. 아니 용돈 받는 날이다.

▶ **엄마 이야기** ⅼⅼⅼⅼⅼⅼ••••••••••••••••••••••••ⅼⅼⅼⅼⅼⅼⅼⅼⅼⅼ•

바지 3종 세트 79,800원. 엄마는 자랑스럽게 홈쇼핑 상자에서 바지를 꺼냈다. 똑같은 디자인의 검정, 회색, 브라운 바지를 번갈아 입고 미소를 지어 보인다. 엄마는 젊은 시절부터 옷을 좋아했다. 유행에도 민감했고 특히 예쁘게 옷을 차려입고 성당에 가는 것을 좋아한다. 그렇다고 엄마가 사치스럽거나 옷을 많이 샀다는 의미는 아니다. 꼬물꼬물 키워야하는 아이가 셋이었다. 백화점은커녕 보세 가게에서도 입어보기만 하고 돌아오는 일이 허다했다.

현재 엄마의 나이는 72세. 단골 보세 가게도 문을 닫았고쇼핑할 힘도 없다고 한다. 그래서 요즘 홈쇼핑을 꽤 즐기는듯하다. 처음에는 보세 가게보다 홈쇼핑이 훨씬 비싸다더니지금은 오히려 3종씩 주는 이 시스템이 무척 마음에 드는 모양이다. 그러나 내 눈에는 시장표 옷이나 홈쇼핑 옷이나 시간이 지나면 구질구질해지긴 마찬가지이다. 결혼식같이 차려입고 가야 할 때마다 늘 입을 옷이 없다며 불평하는 엄마에게 하나를 사더라도 백화점에서 돈 좀 제대로 주고 사라고 핀잔을 준다.

엄마는 다람쥐가 도토리를 모으듯 열심히 돈을 모으고 또모았다. 쥐꼬리보다 더 적은 월급에 아이 셋을 키우면서도 엄마의 통장은 여러 개였다. 그럼에도 가장 많이 하는 말은 "돈이 어딨노." 였다. 아이 셋 대학도 보내야 하고 시집, 장가도보내야 하는데 지금 어찌 돈을 쓰냐는 것이 엄마의 논리였다. 그래서 나는 성장기 내내 집에 돈이 없다고 생각했다. 주위 사람들이 엄마가 돈이 있는데 쓸 줄 모른다고 수군거리기도 했지만, 엄마는 돈에 대해서는 확고했고 나는 엄마가 한편으로 이해되었다.

그래서 나도 엄마같이 다람쥐가 도토리를 모으듯 돈을 모은다. 앞으로 필요한 아이 교육비, 부부의 노후 자금, 한참 동안 머리를 굴려 보아도 모자라고 모자라다. 아르바이트도 해봤지만 가정 경제에 크게 도움이 되지 않았다. 돈을 벌지 못하니 자괴감이 들기도 한다. 평범한 외벌이에 남들처럼 주식이나 부동산에도 소질이 없으니 내가 할 수 있는 방법은 엄마처럼 아끼고 또 아끼는 것뿐이다. 엄마를 이해하다가도 지독하게 돈을 아끼는 엄마처럼 살지 않겠다고 결심했었다. 그런데 나도 엄마처럼 혼자 있을 때는 에어컨을 켜지 않고 보일러를 틀지 않는다. 아울렛에서 옷을 사고 변변한 옷이 없다며 그녀처럼 투덜거린다. '엄마처럼 살기 싫었어.'라는 말이 참 무색하다.

이런 나와 달리 남편은 돈을 아껴야겠다는 생각이 크게 없어 보인다. 술자리에서 카드를 시원하게 긁고 "모두 다 즐거웠으면 됐지."라는 소리나 하고 있는 걸 보면 말이다. 술값으로 5일 치 반찬값을 쓰고 할증이 붙은 택시를 타고 오면서도 전혀 아까운 게 없는 모양이다. 세밀하게 적지는 않지만 매달 적고 있는 가계부를 보라고 해도 전혀 관심이 없다. 남편의 관심은 오직 자신의 용돈뿐이다. 하늘에서 돈다발이 떨어졌으면 좋겠다고 하는 나를 보며 "로또나 사고 그런 소리 해."라며 여유롭다. 총각 시절 월급만큼 카드를 긁어대는 때와 비교하면 자신이 얼마나 돈을 아끼고 있는지를 강조한다. 그러나 남편은 돈을 주면 주는 대로 다 쓸 사람이다. 그러므로 나는 용돈을 올려줄 생각이 전혀 없다. 아이도 마찬가지다. 아무렇지 않게 비싼 것을 고르고 내가 비싸다고 핀잔을 주면 "내 돈으로 할게."라는 말을 서슴지 않는다. 친척 어른들에게 받은 돈이 다 제 돈인 줄 안다. 본인 힘으로 벌지 않는 돈이 '내 돈'이 될 수 없다고 해 보아도 앞으로 봐도 뒤로 봐도 꼰대 엄마가 하는 잔소리 이상으로는 들리지 않나 보다. 두 남자가 이렇다 보니 하늘에서 돈다발이 떨어지지 않는 이상 나는 죽을 때까지 엄마처럼 혼자 돈을 아끼고 또 아껴야 할지 모른다는 불길한 예감이 든다.

얼마 전 이웃 가족과 함께 산책을 했다. 이야기는 주식 이야기로 흘러갔다. 이웃 언니는 주식을 모르는 나에게 아이 이름으로 주식 계좌를 만들고 주식을 사주라고 했다. 돈을 벌기 위해서는 생각이 변해야 한다고 했다. 집으로 돌아와 내가 주식에 관심을 보이자 남편의 주식 강의가 시작되었다. 남편은 용돈으로 소소하게 주식투자를 하고 있는데 눈치로 봐서는 한쪽에서는 이익, 한쪽에서는 손해를 보고 있는 듯했다. 주식 이야기는 다시 흘러 흘러 돈 이야기로, 우리의 노후 이야기로 흘러갔다. 남편은 지금 안주해서는 안 된다고 했다. 사람들은 돈을 벌기 위해 발 빠르게 움직이고 있고 예전 방식으로 돈을 아끼거나 모으는 방식으로는 안정적인 노후는 불가능할 거라고 했다. 나는 무작정 성실히 돈을 모으는 내 방식이 부정당하는 것 같아 기분이 살짝 상했다. 그래서 소파에서 몸을 일으키며 물었다. "그럼 우리는 얼마만큼 돈이 있어야 안정적이라고 느낄 수 있는 거야?" 남편은 그제야 주식 그래프가 띄워져 있는 컴퓨터 모니터에서 눈을 떼고 말했다. "그거 좋은 질문이네."

할로윈

▶ **아빠 이야기** ｜｜｜‧‧｜‧‧‧‧｜｜｜｜‧‧｜｜‧‧‧‧‧‧‧‧｜｜‧｜‧‧‧‧‧

　오늘은 10월 31일 할로윈데이 (Halloween Day)이다. 모든 성인의 날 전날인 10월 31일 밤을 기념하여 행해지는 영미권의 전통 행사다. 기원전 500년 죽었다 되살아난 영혼들에게 육신을 빼앗기지 않기 위해 유령이나 마녀 등의 복장을 하는 것에서 유래된 아일랜드 캘트족의 풍속이다. 10월 29일 토요일 서울 이태원에서 대형 참사가 발생했다. 용산구 해밀톤호텔 서편 골목에 대규모 인파가 몰리면서 159명이 숨지는 참사가 발생했다. 세월호 이후 가장 많은 인명 피해를 낸 대형 참사이다.

　참사 전까지만 해도 나는 할로윈이 언제이며 무엇인지 관심조차 없었다. 동네 영어학원이나 유치원, 초등 저학년 학생들을 대상으로 하는 상업적 행사라고 생각했다. 하지만, 어릴 적부터 이런 행사를 가까이하며 성장한 젊은이들에게는 할로윈데이는 하나의 축제였던 모양이다. 코로나19로 인해 2년 이상 금지나 축소되었던 일상에 대한 갈망과 축제에 대한 설렘이 그들을 예고하지 못한 죽음으로 이끌었다. 그들의 헛되고 안타까운 죽음을 애도하면서도 한편으로는 강한 의구심과 꼰대 마인드를 가질 수밖에 없었다. 그들은 왜 그렇게 '남의 나라, 귀신의 날'을 환호하고 즐기고자 했을까? 영미권 기독교 국가에서 전통 행사로 자리 잡은 것을 미루어 짐작할 때 '허용된 일탈'이 가능한 날이었을 것이다. 유일신으로부터의 일탈은 다른 정령 마녀 등을 소환하여 억압된 구속으로부터의 탈출을 즐기는 날이 되었을 것이다. 이는 성적 위주의 가혹한 교육 현실과 취업을 위한 숨 막힌 경쟁사회에 처해 있는 젊은이들에게 달콤한 일탈이 아니었을까?

또 한 가지 이유는 소통과 자기표현에 대한 갈증 때문일 것이다. 코스프레와 가면으로 자신만의 개성을 표현하며 모임과 퍼레이드를 통해 연대 의식을 느끼고 싶었을지 모른다. 그것이 소위 '인싸' 문화인지 알 수 없지만 그들만의 소통의 한 방법임에는 분명해 보인다. SNS와 온라인 위주의 소통은 오프라인의 모임에 대한 갈증을 유발한다. 그것이 익명성을 가진 가면 축제와 연결되니 환호하지 않을 수 없을 것이다.

남의 나라 귀신의 날에 환호하는 이야기는 남의 이야기만이 아니다. 금요일 저녁 산책을 하고 있는데 다급하게 아내에게서 전화가 걸려 왔다. 아내는 아들이 할로윈 복장으로 망토를 사고 싶어 하니 구해 오라는 지시를 내렸다. 없는 거 빼고 다 있다는 잡화점에는 인간용 할로윈 용품은 이미 품절되었고, 반려동물을 위한 할로윈 용품만 남아있었다. 상황을 전하자 아내는 H 마트 안 A 상점으로 이동하라고 했다. A 상점에는 갖가지 가면과 할로윈 용품이 있었다. 이것저것 할로윈 용품의 사진을 찍어 아내에게 전송했다. 마지막 남은 고급 망토를 다른 사람이 가져가지 못하게 들고 서서 아내의 다음 지시를 기다렸다. 옆을 보니 나와 비슷한 또래의 여성분이 아이들에게 줄 할로윈 용품을 고심하며 고르고 있다. 가격과 아이들의 성향에 맞는 상품을 분석 중인 모양이다. 할로윈을 즐겨보지 못한 부모 세대에게 있어서 할로윈 용품은 기괴한 모양의 장난감 이상의 의미는 없을 것이다.

결국 고급 망토는 비싸서 사지 않았고 아내로부터 복귀 지시가 하달되었다. 아내가 직접 집 근처 팬시점을 방문한다고 한다. 복귀하는 발걸음이 빨라진다. 내심 팬시점에서도 상품 품절이 걱정되었지만, 다행히 망토와 모자를 구매해서 들고 있는 아내를 만났다. 아내는 입을 삐죽이며 말한다. "남의 나라 귀신의 날에 뭔 일이고?"

내가 해야 할 말을 아내가 하니 할 말이 없어졌다. 아들은 금색 실로 해골 모양이 새겨진 검정 망토를 입고 환하게 미소 짓는다. 모자가 조금 작은데도 흡족한 모양이다. 그 모습에 지친 몸이 보상을 받는다. 나는 할로윈을 즐기지는 못하지만 할로윈을 즐기는 아들의 미소는 즐길 거리이다. 아이들의 미소를 기억하는 부모들에게 전해지질 못할 위로를 전하고 싶다.

▶ **아들 이야기** ⁣‖⁣‖⁣⁣⁣‖⁣⁣‖⁣⁣⁣‖⁣‖⁣⁣⁣‖⁣⁣⁣‖⁣⁣⁣‖⁣‖⁣⁣⁣⁣‖⁣⁣‖⁣⁣‖⁣

할로윈은 아일랜드에서 유래된 날이다. 사람들이 귀신 분장을 하고 돌아다니는 날. 나는 한 번도 큰 할로윈 행사에 가본 적이 없다. 엄마 아빠는 전혀 할로윈을 기념하지 않기 때문이다. 이번 할로윈에는 이태원에서 큰 사건이 있었다. 그냥 놀러 갔다가 사고를 당한 것이기 때문에 정말 안타까운 일이라고 생각한다.

  그런데 아빠와 내 학원 친구 J는 이렇게 말했다. "남의 나라 귀신 행사에 갔다가 그렇게 된 거라고. 왜 거길 갔냐고." 그런데 나는 그것에 대해서는 생각이 완전 다르다. 생각해보면 케이팝도 우리나라 가수지만 다른 나라 사람들이 좋아한다. 한복이나 김치도 세계 곳곳에 퍼져있다. 그렇다면 그 나라 입장에서 케이팝은 남의 나라 음악, 김치는 남의 나라 음식 아닌가? 그래서 나는 그 할로윈을 남의 나라 귀신 행사라고 생각하지 않는다. 그냥 문화라고 생각한다.

  할로윈 하루 전 검도장에서 열리는 할로윈 행사에 참여하기 위해 엄마에게 마법사 망토를 사달라고 했다. 엄마는 마침 운동을 나간 아빠에게 물어보겠다고 했다. 아빠는 다이소에 갔다가 망토가 없어서 아트박스로 갔다. 점점 미안한 마음이 들기 시작했다. 엄마는 아빠가 보내온 사진에서 내가 원하는 게 없다고 하자 가까운 문구점에 가서 사 오겠다고 했다. 대신 그동안 학습지를 끝내 놓으라고 했다. 그렇지 않으면 할로윈 망토는 없을 거라고 으름장을 놓았다. 엄마의 협박이 싫었지만 미안한 마음도 있어 얼른 공부를 했다. 엄마와 아빠는 망토를 들고 집으로 돌아왔다. 모자가 조금 작긴 했지만 마음에 들었다. 다음날 나는 망토를 하고 검도장에서 재미있는 시간을 보냈다.

이번 할로윈은 내 운명의 날이기도 했다. 그 이야기를 시작하려면 시간을 되돌려야 한다. 때는 9월 2일. 나는 반장 선거에서 사랑 고백 공약을 내걸어 28명 중 22명의 표를 받아 압도적으로 부반장에 당선되었다. 언제 공약을 실천할 거냐는 친구들의 질문에 며칠간 시달렸다. 심지어 빼빼로데이에 하라는 친구들과 크리스마스에 하라는 친구들로 나뉘어 싸우기도 했다. 나는 며칠 고민하다가 결정을 내렸다. 바로 할로윈데이. 크리스마스와 빼빼로데이 같은 희망과 낭만이 가득한 날을 놔두고 귀신의 날을 고백하는 날로 정했다. 우리 반 여자친구와 남자친구는 서로 사이좋게 지내지는 않는다. 잘 지내는 아이들도 있지만 그 친구들도 장난으로 서로를 놀린다. 내가 고백을 뜬금없이 한다면 고백받는 입장에서는 좀 무서울 수도 있을 거라는 생각을 했다. 그러니 할로윈데이가 딱이었다. 할로윈이니까 좀 무서워도 되지 않을까 하는 생각이 들었다.

D-DAY 3일 전부터 내 친구들이 더 기대하는 눈치였다.

운명의 날. 드디어 나는 학원을 마치고 돌아가던 길에 친구와 실시간 통화를 하며 문자로 고백을 했다. 답은 '지금 말고 나중에 대답해 줄게.'였다. 하지만 거의 2주가 지난 지금 아직도 답은 오지 않았다. 이번 할로윈은 이태원 사건으로 끔찍했고 엄마 아빠가 사준 망토는 이제 아무짝에도 쓸모가 없게 되었다. 그리고 내 고백은 아무래도 차인 것으로 끝난 것 같다.

⏵ **엄마 이야기** ‖‖‖·‖·‖‖·····‖·‖·····‖‖‖·‖‖·‖‖‖‖·

"엄마, 내일 검도장에서 할로윈 파티해서 의상이 필요해. 마법사 망토 입고 싶어." 저녁 8시 집안일을 끝내고 쉬려는 나에게 아이가 말했다. "갑자기 말하면 어떡해. 엄마 내일 너 학교 바자회라서 아침 일찍부터 봉사란 말이야." 아이에게 핀잔을 줬지만 이미 마음은 마법사 망토 구입 미션을 완수하겠다는 생각이다. 그렇다. 나는 아이 일을 언제나 최우선으로 한다. 아이를 혼내면서도 행동은 다르게 하는 전형적으로 말과 행동이 다른 비일관적 엄마이다. 운동을 나간 남편에게 전화를 건다. 다이소에 들러 망토를 사 오라고 했다. 5

천 원이면 되겠지. 한 번 쓰면 버리고 말 텐데. 다이소에 도착한 남편은 지금 할로윈 관련 모든 물품이 다 팔리고 없다는 소식을 전했다. 그러면 대형마트로 가보라고 했다. 남편이 사진을 보내온다. 마지막 남은 망토 한 장 2만 원. 너무 비싸다. 나는 결국 옷을 갈아입고 집 앞 팬시점으로 가보기로 한다. 9시에 문을 닫으니 급하다. 아직 씻지도 못했다. 아이에게 살짝 짜증을 낸다. 집을 나서며 아이에게 문제집을 다 풀어놓으라며 으름장을 놓는다. 다행히 집 근처 팬시점에는 5천 원부터 만 5천 원까지 다양한 망토가 있었다. 망토를 신중하게 고른다. 한번 쓰고 말 텐데 왜 이런 행사를 하는 거야. 언제부터 할로윈을 챙겼다고. 망토를 고르며 왜 우리나라 문화도 아닌 할로윈을 위해 시간과 돈을 써야 하는지 한숨이 나온다. 한숨을 담아 만 원짜리 마법사 망토를 고른다. 그래도 사주지 않는다는 옵션은 없다. 작년에 썼던 해골 가면을 쓰고 가면 되겠지만 아이가 즐겁게 망토를 입고 갔으면 하는 마음이 더 크다.

내일은 아이 학교 바자회 날이다. 아침 일찍 학교에 가서 봉사 도우미를 할 예정이다. 이번 바자회 콘셉트는 할로윈이었다. 부스마다 할로윈 장식을 하고 봉사 도우미들은 할로윈 관련 의상을 입기로 하였다. 같은 반 엄마에게 할로윈 머리띠를 준비해오라는 얘기를 듣고 다이소, 마트 집 앞 팬시점을 들렀다. 다이소는 가격이 쌌지만 모양이 예쁘지 않았다. 마트 물건은 예쁘고 퀼리티가 좋아 보였지만 가격이 비쌌다. 내 지갑은 쉽게 열리지 않았다. 결국 나는 집 앞 문구점에서 몇 번을 고민하고 또 고민해 5천 원짜리 빨간 악마 머리띠를 샀다. 한번 쓰고 버릴 머리띠를 5천 원이나 주고 사야 한다니 좀 아깝다는 생각이 들었다.

나는 늘 이런 식이다. 아이 것과 나의 것을 살 때 늘 기준이 다르다. 지갑이 열리는 속도도 다르다. 아이가 먹을 음식을 살 때나 입을 옷을 살 때는 높은 기준을 둔다. 그런데 내 것을 살 때는 달라진다. 이론상으로는 잘 안다. 아이보다 어른을 먼저 챙겨야 아이가 똑바로 자란다는 것을. 자기만 아는 아이로 키우면 안 된다는 것을. 하지만 나는 본능적으로 아이를 우선한다. 맛있는 것이 있으면 아이 입에 먼저 넣어준다. 좋은 것이 있으면 아이를 위해 남겨둔다. 내 것은 별로 중요하지 않다.

남편 회식이 있는 날엔 종종 아이에게 소고기를 구워준다. 정육점에 가서 기름이 적고 등급이 높은 고기를 찾는다. 아이에게 가장 부드러워 보이는 부분을 구워주고 질긴 부분은 내가 먹는다. 아이 10점, 나 1점. 다행히 아이는 "엄마도 먹어, 같이 먹자."라는 말을 한다. 아이에게 좋은 것을 다 먹이고 싶은 마음으로 엄마는 괜찮다고 말한다. 버릇없는 아이(spoiled kid)는 이렇게 완성된다. 어머니는 일부러 짜장면이 싫다고 하셨다는 것을 깨닫는 아이는 노래 속에 있을 뿐이다. 이렇게 키우면 우리 어머니는 생선 대가리를 제일 좋아하셨다며 대가리만 주는 아이를 만들 뿐이다.

나는 5천 원짜리 머리띠를 끼고 바자회 봉사활동을 수행해내었다. 그러고 보니 이것도 아이와 관련된 활동인가. 아이는 망토를 입고 검도장에서 즐거운 시간을 보내고 온 듯했다. 검도장에서 받아 온 젤리와 사탕을 까먹으며 머리띠와 망토 구입 사건을 깡그리 잊어버렸다.

이튿날 아침, 이태원에서 젊은이들이 압사되어 사망했다는 뉴스를 듣는다. 어떻게 이런 일이 생기나 가슴이 철렁했다. 할로윈이 대체 뭐길래 라는 생각이 들었지만 아이를 키우면서 섣불리 그런 말을 내뱉지는 않게 되었다. 답답한 마음에 인터넷을 찾아보았다. 지금 20, 30대들은 영어학원과 유치원 등에서 할로윈 행사를 접한 첫 세대로 할로윈이 꽤 큰 의미일 수 있고 거기에 더해 SNS를 통해 자기를 표현하는 세대라서 이 사태를 만들어냈다는 분석 글이 보였다. 그래도 뭔가 갑갑한 마음은 해소되지 않았다. 비극 후 며칠이 지나고 뉴스에서는 여전히 이 사태의 원인과 책임을 찾기 위해 누군가를 비판하고 책임자를 찾아내는 것에 대해 연일 보도한다. 정말 잘 모르겠다. 다만 이 비극이 정치 갈등, 세대 갈등으로 이어지지 않기를 바란다. 이태원에서 목숨을 잃은 그 아이들 모두는 나처럼 비일관적이더라도 최고의 것을 주고 싶어 하는 누군가의 자식이기 때문이다.

시험

"A 알지? 걔 기말시험 전교 1등 했대." 아내는 부러움과 시기심 어린 말투로 지인 아들의 성적 소식을 전해왔다. "입시도 전략인가 봐."라는 말을 덧붙인다. 초등학교 6학년, 아이를 수학학원에 보내는 것을 더 이상 미룰 수 없다고 한다. 중학교에서 좋은 내신을 받기 위해 선행학습을 해야 하고 그 과정은 고등학교까지 되풀이된다. 고등학교에서는 수능시험에서 고득점을 받기 위해 반복 학습하고 어려운 문제에도 도전해야 한다. 킬러 문항과 준킬러 문항을 누가 더 맞추느냐에 대학의 이름이 달라진다. 거기서 시험이 끝나는 것은 아니다. 대학에서도 취업을 위한 전공 시험, 자격증 시험을 이어나간다. 직장에서도 진급을 위한 토익 시험, 전문 분야 검증을 위한 시험들이 계속되어 진다. 시험은 객관적으로 실력을 평가할 수 있는 가장 쉬운 방법이고, '이것을 알고 있다.'라는 것을 증명하는 가성비 좋은 방식이다.

아내는 요즘 국가 자격증 취득에 도전 중이다. 10년 이상 손 놓은 토익 공부를 한 달 정도 하더니 고득점을 받았다. 토익 생각만 하면 토가 나온다는 말에 깊은 공감을 하는 나로서는 매우 부러운 일이다. 지금은 한국사를 공부하는 모양이다. 광개토대왕 이후부터는 아무것도 기억나지 않는다고 한다. 하늘은 참 공평하다. 모든 것을 다 잘할 수는 없는 법이다. "이번 시험은 떨어졌어, 떨어질 게 분명해." 불안감에 사로잡혀 있는 아내를 본다. 이번 자격증 시험은 100점으로 합격할 필요는 없는 일이다. 불안감을 되뇌지 말고, 지난 역사를 되뇐다면 60점으로 통과하리라 생각한다.

아내가 광개토대왕 이후에 잃어버린 역사를 찾는 동안 아들은 원뿔과 구의 같은 점과 다른 점 사이를 헤매고 있다. 식탁에 같이 앉아 고뇌하는 이들을 보고 있으면 흐뭇하다. 괜스레 스마트폰 게임을 멈추고 신문을 뒤적거려 본다. 아들은 같은 반 친구들과 같은 문제로 시험을 치고 다른 점수를 받아도 괜찮은 모양이다. 다행이다. 시험의 결과와 점수는 옆 사람과의 비교 및 평가 대상이 될 수 있지만 그 과정은 오롯이 나 자신과의 싸움이다. 내가 공부해서 알고 있는 것과 모르는 것을 찾다 보면 점수는 자연스레 따라오는 것이다. 공부하지 않은 것은 틀리는 게 맞다.

나는 그리 똑똑한 편이 아니다. 보이지 않는 힘의 성질이나 원자와 분자는 허공에 떠 있는 공기와 같다. 머릿속에서 잘 그려지지 않는다. 그래서 항상 낙제점을 받거나 커트라인 점수에 머물렀다. 한편 암기 과목들은 상대적으로 좋은 점수를 받았다. 글과 그림을 머리에 사진처럼 기억해 두는 것이 요령이었다. 직장을 다니면서 대학원 졸업 시험을 준비한 적이 있다. 시험 준비를 제대로 하지 못했고, 받아둔 기출 시험 자료만 보고 시험장에 들어갔다. 학과 사무실에서 전화가 걸려 왔다. 백지를 낸 것이 맞냐고. 나 자신에게 한없이 부끄러웠던 시험이다. 모르는 것을 모른다고 당당하게 이야기할 수 있는 기회와 장소는 그리 많지 않은 것 같다.

몇 년 전 두 가지 자격증 시험에 도전했다. 요트 조종면허와 소방 안전관리자 1급 자격증이다. 시험공부를 하면서 즐거웠다. 어른이 되어서 원하는 시험을 치니 시험이 마냥 괴로운 것만은 아니라는 것을 경험했다. 요트 조종면허는 지인들과 같이 수업을 듣고, 실기 시험을 치르고 소형선박 조종을 위한 필기시험도 쳐야 했다. 요트나 소형선박을 가지고 있지는 않지만 불안한 미래의 대비책을 겸한 취미 생활을 위한 도전이었다. 소방 안전관리자 1급 자격증 역시 미래에 대한 불안 때문에 도전한 시험이었다. 건물에 대한 소방 관리자를 선임하고 관리하는 자격에 대한 증명서이다. 물론 나의 명의로 된 건물은 없다.

이 두 가지 시험으로 내 삶이 달라진 것은 없다. 그러나 건물이나 요트가 생길 수도 있다는 희망을 가지게 한다. 그리고 준비하는 자에게 기회가 오지 않을까 믿어본다. 자격증이 넘쳐 나는 시대에 자신의 꿈을 담아 시험에 도전해 보는 것도 좋을 것이다. 시험을 위한 시험이 아닌 그 과정의 즐거움과 혹시 모를 넉넉한 미래의 먹거리를 찾기 위해서도 말이다.

▶ **아들 이야기** |ılıₗₗıₗ|₁|ₗₗₗₗ||₁₁₁ₗₗ₁₁||₁|₁ₗₗₗₗₗₗₗₗ||₁₁₁ₗₗ

　교실 전자칠판에 이렇게 적혀 있었다. 1교시 사회섬(사회 시험. 사실은 시험이라기보다는 단원 평가에 가깝다). 2교시 과학섬(과학시험). 반 아이들 모두가 좌절한다. "아 쌤! 시험 좀 그만 봐요!!" 시험은 언제나 싫지만, 특히 우리 반 아이들이 시험을 싫어하는 이유가 있다. 그 이유는 바로 오답 노트 때문이다. 오답 노트란 틀린 문제를 필기하는 것인데 틀린 개수 X3만큼 즉, 틀린 문제 한 문제를 3번씩 써야 한다는 이야기이다. 그래서 조금만 틀려도 오답 노트는 엄청 많이 써야 한다.

　나에게 시험이란 학교에서 배운 것과 집에서 풀어본 문제집 내용을 다시 풀어보는 것으로 복습에 가까운 거라고 볼 수 있다. 나의 시험 평균 점수는 수학 85~100점, 과학 70~85점, 사회 85~90점, 국어 80~95점 정도이다. 이렇게 점수로만 나열하면 잘하는 것으로 보이지 않지만 반 친구들과 비교해서 나쁘지 않은 편이다. 그래서 나는 이 정도 점수에 만족한다. 아주 못하는 편은 아니기 때문이다. 몇몇 아이들은 10개쯤 틀리기도 한다. 그러면 오답을 30개쯤 적어야 해서 3일

동안 쉬는 시간마다 오답 노트를 적는 모습도 봤다. 3학년 때 수학 단원 평가에서 70점을 맞아서 엄마가 화를 낸 적이 있다. 나는 충격을 받았다. 엄마도 시험을 싫어하고 잘 치지도 못할 것 같은데 나에게 화를 내는 게 그때는 어렸기에 잘 이해되지 않았다. 그러나 지금 오답 노트 지옥을 맛보게 되면서 많이 맞춰야겠다는 생각이 들고 엄마를 약간은 이해하게 되었다. 물론 시험을 못 쳤다고 혼내는 건 바람직하지 않은 것은 분명하다.

　우리 선생님은 쳤던 시험을 또 치기도 한다. 예를 들어 3단원 치고 다음 날 또 다른 시험지로 3단원 시험을 친다. 최근에는 여름방학 전 마지막 단원 점검을 하기 위해 시험을 치는 횟수가 부쩍 늘었는데 그래서 오답 노트가 엄청나게 밀렸다. 우리 선생님은 절대 봐주는 법이 없어서 오답 노트를 다 하지 못한 아이들은 끝까지 교실에 남아서 오답 노트를 끝내야 한다. 덜덜덜. 나는 남은 적은 없지만 남으면 정말 끔찍할 거라는 생각이 든다.

　그나마 시험에서 가장 재미있는 부분은 바로 매기는 부분이다. 우리는 짝지끼리 시험지를 바꿔서 선생님이 답을 보여주시면 서로의 시험지를 매긴다. 짝지와 서로서로 답을 맞추어 보기도 하고 짝지에게 가 있는 나의 답이 맞았는지 틀렸는지 힐끔힐끔 쳐다보기도 한다. 짝이 틀리면 고소하기도 하고 내가 틀리면 기분이 매우 구겨진다. 최근에는 선생님이 친한 동성이랑 짝지를 하게 해주서서 시험지 매기는 재미가 두 배로 늘어났다.

엄마 아빠는 시험은 모르는 것이 무엇인지를 찾고 그걸 공부하는 것이라고 했다. 그런데 내가 틀리는 것 중에는 알고 있지만 실수하거나 잠깐 착각한 것들도 많다. 그러니 시험으로 누군가의 실력을 평가하고 비교하는 것은 좋지 않은 것 같다. 그래서 나는 시험지에 그어진 X 표시가 부끄럽지 않다.

▶ **엄마 이야기** ⅠⅠⅠⅠ|ⅠⅠⅠⅠⅠⅠⅠⅠⅠⅠⅠⅠⅠⅠⅠⅠⅠⅠⅠⅠ|ⅠⅠⅠ|ⅠⅠ|ⅠⅠⅠ

"아이고, 나 심장이 벌렁벌렁하고, 손이 벌벌 떨린다. 저기 이거 이렇게 적는 거 맞아요?" 요양보호사 필기 시험장에서 내 뒷자리에 앉은 60대 중반 아주머니는 나에게 간절한 눈빛으로 도움을 청했다. 내가 도와주려고 하자 시험 감독

관이 제지했고 아주머니는 연신 떨림과 어지러움을 호소했다. '아주머니가 요양이 필요한 게 아닐까.'라는 생각이 들면서 피식 웃음이 나왔다. 취업 시험 이후 처음으로 쳐보는 시험이었지만 크게 떨리지는 않았다. 쉬운 시험이었기 때문일지도 모르겠다. 동네 친구들과 수다 모임에서 요양보호사 자격증이 나 같은 주부에게는 운전면허증 같은 필수 자격증이라는 얘기를 들었다. 시험 응시에 특별한 자격도 없고 평소에도 돌봄이 주 업무인 여자들에게 요양보호사만큼 접근이 쉬운 국가 자격증은 없다는 것이다. 요양보호사 일을 할 생각이 없는 사람도 어차피 부모님을 돌봐야 하는 상황, 더 나아가 배우자가 아파서 돌봐야 하는 상황이 올 것이다. 그때 국가에서 약간의 보조금을 받을 수 있다는 말에 솔깃했다. 시험은 내가 예상한 대로 쉬웠고 시험 시간 반 만에 문제를 다 풀고 나머지 반은 엎드려있었다. 나와 비슷한 또래의 사람들은 빠르게 OMR카드를 작성하고 시험을 마쳤지만 50대 후반, 60대 응시자들은 OMR카드 작성부터 난간에 봉착하는 듯했다. 그리고 한 응시자는 시험 시간 내에 문제를 다 풀지 못하고 OMR카드로 옮겨 적지 못했다며 울상을 지었다.

40대 중반이 되자 많은 주변 사람들이 자격증 공부를 한다. 100세 시대인데 뭐라도 하나 따 놓아야겠다는 대비책이기도 하고 한 치도 알 수 없는 미래에 대한 불안 때문일 것이다. 대부분 까다로운 조건 없이 누구나 공부만 열심히 하면 통과할 수 있는 시험이다. 사회복지사, 간호조무사, 공인중개사 같은 자격시험이다. 시험 준비를 어떻게 하냐고 물어보면 하나같이 무척이나 힘들다고 호소한다. 시험 자체의 난이도도 그렇지만 나이 들어서 공부를 하는 것이 쉽지 않다는 것이다. 평소 공부를 쭉 해 오지 않은 이상 20년의 공백기를 넘어 다시 인강을 듣고 필기를 하면서 공부한다는 자체가 도전이다. 금방 돌아서면 외운 것을 까먹는 휘발성 기억력을 베이스로 체력적으로도 금방 지치고 허리도 아프고 눈도 침침한 이중고를 겪게 된다.

나 또한 그랬다. 올해 새로운 국가 자격증에 도전하고 있는데 그 과정이 순탄치 않다. 토익 시험 점수가 필요한 자격증이라 먼저 토익 공부를 시작했다. 무려 23년 만에 토익책을 펼쳤다. 그래도 예전에 공부한 적이 있으니 괜찮을 거라 생각했지만 첫 번째 모의고사 점수에 절망했다. 한 여자중학교에서 대다수 20대 젊은이들과 띄엄띄엄 앉아있는 40, 50대 직장인들 사이에 앉아 시험을 쳤고 원하던 점수대를 받는 걸로 마무리되긴 했다. 그 후 본격적으로 시험공부를 해야 하는데 이게 생각보다 참 어렵다. 요즘 애들 말로 스카(스터디 카페)에 가야 할지도 모르겠다. 전형적으로 공부 못하는 애들이 하는 말이다. 공부에 집중하기 위해서는 워밍업 시간이 필요하다. 주변이 어지러우면 집중이 되지 않는다. 집에서 공부를 하다 보니 끊임없는 집안일이 집중력을 흐트러뜨린다. 생각은 이렇다. 빨래를 돌려놓고 멸치육수가 끓을 동안 그 틈을 이용해 공부를 하면 된다고. 그러나 조금 집중이 될 만하면 세탁기에서 알림이 울리고 멸치육수가 적당히 우러났을 때쯤 불을 잽싸게 꺼야 한다. 어렵게 의자에 붙인 엉덩이를 떼는 순간 금방 공부했던 것들은 젖은 옷과 함께, 멸치육수의 연기와 함께 사라져 버린다. 아이가 공부할 때 옆에서 공부를 하기도 한다. 아이는 엄마가 공부하면서 틀리는 모습을 매우 좋아한다. "엄마도 틀리네, 엄마도 틀리니 기분이 안 좋지? 내 마음을 알겠지?" 엄마를 디스하면서 행복해하는 아이의 모습에 못난 엄마가 되어주기로 한다. "엄마는 바본가 봐. 엄마는 틀려먹었어." 다시 공부에 집중해 보려 하지만 순간순간 아이의 질문이 이어지고 내 나쁜 머리는 공부를 한 건지 만 건지 기억하지 못할 만큼 둔감해져 있다.

내가 이렇게 시험 때문에 스트레스를 받으면 남편은 언제나 약간 놀리는 표정으로 말한다. 그냥 해보고 떨어지면 다시 치면 되는 거지 뭐 그리 스트레스를 받느냐고. 맞는 말이지만 얄미운 말이다. 시험을 치는데 스트레스를 받지 않을 수가 있나. 모든 시험은 당락이 있고 나의 능력을 평가받는 것인데 말이다. 이 시험 하나로 내 자신이 못난 사람이 되거나 가치 없는 사람이 되는 것이 아니라는 것을 잘 알지만 그래도 시험은 잘 쳐야 한다는 것이 기본값이다. 외부의 기준이나 잣대에 따라 자신을 평가하는 사람은 작은 행복감을 느낀다. 아이러니하게도 나는 늘 이 작은 행복감을 선택했다. 사람들이 끊임없이 시험을 치고 누군가가 만들어낸 기준에 의해 평가받고 자신을 증명받는 것처럼. 그 증명은 개인이 갖는 만족감, 성취뿐 아니라 직업, 돈, 명예로도 이어지니 말이다. 그래서 나는 여전히 그 작은 인정을 위해 고군분투 중이다.

머리를 싸매며 괴로워하는 나를 보고 아이가 말했다. "엄마는 사실 꼭 그 시험 통과 안 해도 되잖아. 너무 스트레스받지 마." "왜? 나는 통과하고 싶은데? 너도 그럼 공부 안 해도 되지 뭐." "아니지. 난 수능 망쳐버리면 인생 끝나는 거지." "누가 그래? 수능 못 치면 니 인생 끝난다고?" "나도 알아. 애들이 다 그러더라." 깜짝 놀라 아이에게 수능시험은 중요한 시험이기는 하지만 인생은 그것만으로 평가할 수 없는 다양한 길이 있다고 장시간 설교 아닌 설교를 퍼부었다. 그럼 내가 치려는 이 시험도 남편의 말이 맞는 걸까? 그냥 대충 쳐보고 안 되면 스트레스받지 말고 또 다른 시험을 찾아보고 그럴까? 그냥 책장 덮을까? 오 신이시여, 저를 시험에 들지 말게 하옵소서.

친구

▶ **아들 이야기** ‖₁‖₁‖₁‖₁₁‖₁‖‖₁‖₁₁‖₁₁‖₁‖‖₁₁₁₁₁‖₁‖

"어, 지금? 그러면 거기서 만나면 되는 거지? 알았어, 지금 간다." 친구와 약속이 정해졌다. 나는 쏜살같이 밖으로 나간다. 친구와 보내는 시간은 언제나 즐겁다. 나에게 친구란 삶에 꼭 필요한 사람이다. 지금까지 친구를 못 사귀었다고 생각했던 적은 없다. 처음 본 친구에게도 말을 잘 걸기 때문에 늘 친구가 많은 편이다.

나는 여러 무리의 친구가 있다. 여기서 '무리'란 모였을 때 3명 이상 되는 것을 말한다. 첫 번째 A 무리는 주로 아파트 놀이터에서 만나 축구를 하는 친구들이다. 스마트폰 축구 게임을 좋아하고 실제로도 축구 하는 것을 좋아한다. 처음에는 6명으로 시작했는데 그중 두 명이 심하게 싸우는 바람에 한 명은 같이 놀지 않게 되었다. 정기적으로는 금요일 오후에 만나 축구를 하고 비정기적으로도 만나 축구를 한다. 모이는 사람 수가 둘이나 셋일 때는 페널티킥을 차며 논다. 편의점에서 음료수를 사 먹거나 간식을 조금 먹는 정도로 크게 돈 쓸 일이 없다. 두 번째는 검도 3인방 B 무리이다. 나까지 포함하여 3명인데 우리는 매달 첫째 주 토요일에 만나서 종일 시간을 보낸다. 대부분 만화방 > 점심 > 노래방 > 놀이터 또는 친구 집 순서로 논다. 이 모임은 지출이 좀 많다. 만화방 음료, 점심 밥값, 노래방 비용이 들기 때문이다. 세 번째 C 무리는 같은 반 친구들이다. 나 포함 5명이다. 우리 반 남자애들이 14명이니 3분의 1이 우리 무리이다. 주로 그림을 그리거나 서로 장난을 치면서 논다. 그림은 여러 가지 자작 캐릭터를 그리거나 패러디를 하는데, 지금까지 그린 그림이 300개가 넘는다. 방학 동안 각자 더 그려오기로 했으니 금방 400~500개가 될 것 같다. 그중 고퀄리티 그림은 100장쯤이다. 마지막 D 무리는 5학년 때 친했던 친구들이다. 주로 만화를 그리며 놀았고 학교 쉬는 시간에 같이 게임을 하며 놀았다. 학교 밖에서는 한 번 만나서 놀았다.

이런 무리는 학교나 학원에서 자연스럽게 형성된다. 다만 무리에 들어가는 데는 골든타임이 있다. 한 달 안에 무리를 만들거나 들어가지 못하면 친구를 만들 수 있는 확률이 매우 희박해진다. 무리에 들어가지 못한 친구는 서서히 친구들 사이에서 잊히게 된다. 나는 매번 제때 무리에 들어갔고 친구들과 잘 지내고 있다.

나에게는 친구의 법칙이 있다. 친구라면 아무리 싸워도 빠르게는 5초 만에, 늦어도 다음 날에는 화해를 해야 한다는 것이다. 사실 우리 친구들은 싸운 이유도 기억 못할 때가 많다. 여자아이들은 종종 싸우면 며칠씩 삐져서 이야기를 하지 않거나 절교도 한다는데 잘 이해가 되지 않는다.《윔피키드》의 그레그가 말한 것처럼 남자아이들이 여자아이들보다 단순 무식해서인지도 모르겠다. 그렇지만 남자아이들의 문제해결 방식이 여자아이들보다 시간과 에너지를 훨씬 절약할 수 있다는 것만은 확실하다.

나의 친구 생활은 순조롭지만, 아빠의 친구 생활은 그렇지 않은 것 같다. 왜냐하면 엄마는 아빠가 친구를 만날 때마다 약간 통제하기 때문이다. 엄마는 아빠가 친구 만나러 나가는 것을 좋아하지 않는 것 같다. 맨날 만나는 친구를 왜 자꾸 만나냐고 잔소리하기도 한다. 한번은 평소 연락을 주고받지 않는 친구의 부모님 장례식장에 왜 가냐고 부조금만 보내라고 하기도 했다. 그다음 날은 우리 가족의 놀이공원 나들이가 있었기 때문에 밤늦게 대구까지 가는 것을 엄마는 이해하지 못했다. 아빠는 놀이공원과 장례식 가는 게 무슨 상관이냐며 장례식장으로 가버렸다. 놀이공원에서 돌아오는 길둘은 그 문제로 싸웠지만 그 싸움은 고깃집에 가면서 흐지부지 마무리되었다.

아빠는 친구를 매우 중요하게 생각하는 반면 엄마는 아빠만큼 친구를 좋아하는 거 같진 않다. 친구를 잘 만나는 편이 아니고 친구도 그리 많지 않다. 그러나 막상 친구를 만나면 즐겁게 잘 노는 편이다. 엄마는 자유시간이 생기면 혼자 있겠다고 하고 아빠는 친구를 만나러 나간다고 한다. 나는 자유시간이 생기면 어떨 때는 엄마처럼 혼자 뒹굴뒹굴하면서 책을 보고 싶기도 하고 아빠처럼 친구를 만나고 싶기도 하다.

그럼, 여기서 질문. 당신에게 4시간의 자유시간이 주어진다면 친구와 함께 할 것인가, 아니면 혼자 있을 것인가? (단, 시간을 나누어 쓸 수 없음)

"주말에 가족을 버리고 어디를 간다는 말이고, 못 간다고 문자 넣어라. 지난주에는 중국 갔다 온 친구 만나러 가더니만, 이번 주는 이탈리아 갔다 온 친구 만나야 된다는 게 말이가? 나가려면 우리도 맛있는 거 사 먹게 벌금 내고 가." 토요일 오후에 대학 지인들 모임에 가려는 나를 아내가 불러 세운다. 3명을 만난다고 말하니 인당 벌금 만 원씩이라는 이상한 논리를 펼치며 훼방을 놓는다. 아니, 아들은 토요일 아침 일찍부터 친구들 만나러 나갔는데 나는 왜 안 된다는 건지. 텅 빈 지갑을 아내에게 보여주며 항변해 본다. 경험상 이런 경우는 아내의 심기를 건드리지 않고 동정심을 유발하는 것이 효과적이다.

아내는 나와 비교하면 친구가 없는 편이다. 물론 계모임도 있고 독서 모임, 글쓰기 모임, 영어 선생님 모임이 있기는 하다. 아내는 목적성을 가지고 만나는 모임을 선호한다. 혹은 일 대 일이나 소수의 만남을 선호하는 것 같다. 반면 나는 친목을 위한 만남이 주를 이룬다. 초, 중, 고 및 대학 지인들, 현 직장 사람들, 전 직장 사람들과도 가끔 만난다. 만사모(만

나기 힘든 사람들의 모임 또는 만나고 싶은 사람들의 모임)
라는 계모임과 동네 친구들과 모임을 하며 친목을 도모한다.
이런 나에게 아내는 늘 핀잔 어린 질문을 던진다. "진정한 친
구가 몇 명이냐? 돈을 빌려달라고 말할 수 있는 친구가 있느
냐? 네가 책을 내면 책을 사줄 수 있는 친구들이 몇 명이나
되느냐? 친한 친구가 맞느냐?" 생각해보면 나는 돈을 빌려달
라고 한 적도 없고 책을 낸 적도 없다. 나아가서는 그렇게 무
자르듯이 관계를 정할 수는 없는 일이다. 한우 등급을 투뿔
과 원뿔로 나눌 수는 있어도 친구 관계에 등급을 매길 수 있
는 것은 아니다. 그런 식으로 친구를 만나는 것은 동의할 수
없다. 그래서 너는 친구가 적은 편이지 않느냐라는 말에 아
내는 발끈한다. 친구한테만 좋은 사람이지 가족한테는 좋지
않은 사람이고 말한다. 남들은 당신의 성격이 좋다고 말할지
모르지만 진짜 성격은 자신만이 알고 있다면서.

　나는 스스로 성격이 좋다고 말한 적은 없고 싸움도 싫어한
다. 인생에 친구와 두 번의 주먹다짐을 한 적이 있다. 친구라
기보다는 동급생이다. 초등학교 3학년쯤이다. 태권도를 배
우던 나는 우쭐함에 권투를 배우는 친구와 운동장에서 승부
를 겨뤘다. 코피나 울음이 먼저 터진 사람이 지는 것이었다.

코피 때문인지 울음 때문인지는 기억에 없지만, 패배의 쓴맛을 본 적이 있다. 애써 '패자는 말이 없다.'라며 뒤돌아섰다. 또 한번은 중학교 2학년 때이다. 매점에서 새치기하는 친구와 시비가 붙었다. 조금 치는(싸움을 곧잘 하는) 녀석이다. 주먹을 치고받는 우리 주변으로 삽시간에 아이들이 모여들었다. 수업 시작 종소리에 싸움은 끝이 났지만, 앞니가 살짝 깨진 것은 어머니한테도 비밀이었다.

친구의 경조사 문제로는 아내와 늘 다투게 된다. 축의금과 부의금이 걸려있기 때문이다. 아내는 그 사람과의 관계, 연락한 횟수, 품앗이, 직접 연락이 왔는지 오지 않았는지를 따져 묻는다. 그리고 자신이 이름을 들어본 적이 있는지도 참석 여부에 중요한 요소이다. 얼마 전 대학 시절 같은 동아리였던 동기 부친상 연락을 받았다. 한밤중 차로 왕복 3시간 거리의 장례식장에 가야 했다. 아내는 벌써 도끼눈을 뜨고 있다. 결혼한 지 14년 넘게 그 친구 이름 한 번도 들어본 적이 없고 부고 또한 직접 들은 것이 아니니 가지 말라고 한다. 아내의 말에 부아가 치민다. 왜 당신이 나의 친구 관계를 규정하며 부고를 직접 못 전할 상황도 충분히 있다고 말한다. 문상을 다녀오는 차 안에서 마음의 부담은 내려놓았지만, 그 친구와 연락을 다시 하지 않을 사이라는 예감은 꿀꺽 삼켜야 했다. 보름쯤 뒤에 날아온 고속도로 통행료 미납고지서를 보고 아내는 혀를 찼다. 아마도 장례식장을 다녀오던 밤에 고속도로 통행료가 미납되었던 모양이다. 고지서를 받아 들며 씁쓸한 마음을 되새김질했다.

아내의 또 하나의 고민은 나를 닮아 가는 아들의 친구 관계이다. 원만한 친구 관계를 넘어서 친구가 놀자고 하면 정신을 못 차린다. 친구와의 선약이 제일 중요하다고 주장하는 아들에게 고개를 끄덕여 주다가도 밥상머리에서의 문자질은 못마땅하다. 공부하라고 하면 잠시만을 스무 번 정도 외치며 만화책을 뒤적거리는 아들이다. 그런 아들은 친구를 만나러 갈 때는 아내가 잠깐만을 다 외치기도 전에 밖으로 뛰어나간다.

그런 아들의 빈자리를 채울 요량인지 아내가 산책을 하자고 한다. 가장 가까운 친구의 우정인지 아내의 사랑인지 뭔지 모를 끈적한 프러포즈에 운동복을 챙겨 입는다. 한여름의 늦은 오후에 친구, 아니 아내와 산책하는 것은 건강, 우정, 사랑을 챙기는 일석삼조의 좋은 일이다.

주말 아침부터 아이는 바쁘다. 토요일은 검도 친구 모임
이 있고 일요일은 축구 모임이 있단다. 주말 중 하루는 가족
과 함께 보내야 하는 게 아니냐고 말해보지만 아이는 난처
한 표정만 지을 뿐 친구를 만나러 가지 않을 생각은 없어 보
인다. 다음 주에는 어릴 적부터 알고 지내던 여자 사람 친구
와 마라탕을 먹기로 했단다. 빡빡한 주말 스케줄이다. 공휴
일 아침 아이의 문자 알림 소리로 잠을 깬다. 이번에는 같은
반 친구들의 호출이다. 아침을 먹는 둥 마는 둥 하고는 집을
나선다. 친구에게 연락이 오면 반쯤 정신줄을 놓아버리는 것
같다. 부리나케 집을 나서는 뒷모습이 왠지 낯설지 않다. 아
이의 뒤통수에서 남편의 향기가 느껴진다. DNA, 정말 무서
운 녀석이다.

연애 시절, 데이트의 마지막 코스는 남편 친구들과의 술
자리였다. 영화를 보며 시작했든, 분위기 좋은 파스타 집에
서 시작했든, 공원에서 데이트를 했든 그 끝에는 반드시 남
편의 친구들이 있었다. 친구가 많은 편이라는 것은 알고 있
었지만 언제든 술자리를 하고 있는 친구가 어느 동네든 있다

는 건 참 신기한 일이었다. 친구가 적은 편인 나로서는 넓은 스펙트럼의 친구를 가진 남편이 좋아 보였다. 그리고 그 친구들은 항상 남편에 대해 칭찬 일색이었다. "정말 좋은 놈이야, 진국이야." 나는 그 말을 철석같이 믿었는데 생각해보니 나쁜 놈도 친구끼리는 칭찬하는 것 같다. 신혼 초에 회사를 마치고 버스에서 내리면 최소 2명 이상의 남자들이 나를 기다렸다. 분명히 나는 남편과 단둘이 저녁밥을 먹기로 했는데 남편의 친구들이 함께했다. 그런 상황을 몇 번 참고 참다가 남편의 친구 앞에서 크게 화를 내며 집으로 혼자 돌아온 적도 있다. 그때도 남편은 나를 바로 따라오지 않고 친구들을 배웅하고 집으로 돌아왔다.

이런 남편이다 보니 어떨 때는 나보다 친구가 더 중요하나 하는 의문이 든다. 남편은 지인들의 경조사를 과하게 챙긴다. 대학 시절 6개월 정도 알았던 친구의 아버지 장례식장이 차로 세 시간 거리라도 한밤중에 다녀온다. 그 친구가 우리 결혼식에 왔냐고 하니 대답하지 못한다. 대학 이후 따로 만난 적이 있냐고 물으니 없다고 한다. 부고를 직접 받았냐고 하니 친구를 통해 우연히 알게 되었다고 한다. 25년 전 6개월간 알았던 친구도 친구일까? 시아버지는 남편이 20대

중반일 때 돌아가셨다. 시어머니 말로는 남편의 친구들이 정말 많이 와서 줄을 서서 조문을 했었다고 한다. 그 경험 때문일 거라 어떻게든 남편을 이해해보려고 하지만 쉽지 않다. 나에게는 네가 왜 내 친구 관계를 규정하느냐고 발끈하다가 친구들과의 대화에서 우리 나이에는 친구 관계도 선택과 집중이 필요하다는 말에는 크게 고개를 끄덕이는 남편을 본다. 그러니 얄미울 수밖에.

남편과 비교하면 나의 친구 관계 스펙트럼은 좁다. 남편은 그런 나를 성격이 모나서 두루두루 지내지 못하는 거라고 비하하지만 가족들이 함께 모여 시간을 보낼 수 있는 지인의 수는 내 쪽이 우세하다. 이는 내가 남편보다 더 깊은 친구 관계를 맺는 덕분이라고 생각한다. 가족을 보여주는 것은 더 사적인 부분이 교류되어야 하기 때문이다. 그래서 나는 남편의 친구 관계는 넓긴 하지만 얕고 가볍고 피상적이라고 생각한다.

남편처럼 여럿이 만나 왁자지껄 떠드는 만남보다 적은 인원이 만나 내밀한 대화를 나눌 수 있는 만남이 더 좋다. 학창 시절에 친했다고 해도 시간이 지나고 상황이 변하면서 서로를 이해할 수 없게 된 친구들도 많다. 중학교부터 30대까지

절친이라고 여겼던 한 친구와는 결혼과 출산을 거치면서 서로를 오해하고 거리가 멀어졌다. 그래서 오히려 만난 지 오래되지 않았지만, 마음의 연대감이 느껴지는 사람이 진짜 친구라고 생각한다. 나이나 직업, 사는 곳은 문제가 되지 않는다. 영혼이 연결되는 느낌이 있다면 나와 20살 넘게 차이가 나더라도 친구가 될 수 있다. 그래서 책을 좋아하거나 글을 쓰거나 삶을 충만하게 살고 싶어 고민하는 사람들을 만나면 그들이 내 친구라는 생각이 든다.

앞으로도 친구 관계에 대한 태도는 남편과 평행선을 달릴 것 같다. 남편은 나에게 어떤 구박을 받더라도 친구를 만나러 나갈 것이고 나는 나이가 들수록 더 좁고 깊게 친구를 만날 것이다. 대신 이 평행선이 살짝 비뚤어지기를 기대한다. 그러다 보면 언젠가는 만나는 접점이 생기고 그때만큼은 둘이 친구가 될 수도 있을 것이다. 더하여 아이는 성장하면서 어떤 방향으로 선을 그을지 궁금하다.

꿈과 진로

▶ **엄마 이야기** ‖‖‖‖‖‖‖‖‖‖‖‖‖‖‖‖‖‖‖‖‖‖‖‖‖‖‖

　유튜브 알고리즘은 위대하다. 내 머릿속 생각을 읽고 거기에 맞는 영상을 정확히 띄워준다. '화내지 않고 공부시키는 방법', ' 대입이 바뀌어도 성공하는 법', '세 아이를 SKY에 보낸 엄마가 반드시 한 일' 등의 영상이 화면을 채운다. 들어보면 뻔한 이야기거나 현실에서 내가 실제로 하기에는 어려운 일이다. 그럼에도 기계적으로 화면을 터치하고 볼륨을 높인다.

　사실 이런 이야기를 듣다 보면 답답함이 더 밀려온다. 결론은 아이에게 맞는 방법을 찾으라든가 책을 많이 읽게 하라 등등 두루뭉술한 이야기이다. 공부 방법은 다이어트 방법과 같다. 수만 개의 다이어트 법이 있다는 것은 어떤 것도 확실한 효과가 없다는 방증이기도 하다. 살을 단기간에 많이 빼준다는 방법일수록 상업적이고 부작용도 많다. 적게 먹고 많이 움직일 것 그것 외에 왕도가 없다. 진리는 늘 간단하다. 그러므로 특별한 공부법도 없다는 결론에 이르게 된다.

요즘 아이의 진로 결정은 엄마의 정보력과 아빠의 경제력이라는데 우리 집은 어느 것 하나 내세울 것이 없다. 4차 혁명 시대 그래서 창의력이 제일 중요하다는데 나는 4차 혁명이 정확히 어떤 것인지 모르겠다. 창의력이야말로 뜬구름 잡는 이야기 같다. 차라리 100점짜리 시험 점수가 나의 마음에 안정감을 줄 것 같다. 생각해보면 언제나 기회는 잘하는 아이의 것이었다. 엄마들은 이걸 잘 알았다. 나도 엄마이기에 안다. 평등한 기회를 요구해야 하는 것이 옳다고 생각하고 고개를 갸웃거리며 주위를 돌아보았더니 다른 엄마들은 이미 더 많은 기회를 위해 아이와 발을 묶고 있었다. 이미 모든 경기는 엄마와 아이가 같이 뛰는 2인 3각 경기이다. 다른 아이들은 이미 한가지 눈에 띄는 재능을 찾은 것 같다. 그래서 뭐 하나 특출한 재능이 보이지 않는 나의 아이가 어떤 진로를 선택해야 하는지 찾아주는 역할을 해야 할 것 같아 조급한 마음이 든다. 그래서 종종 아이에게 뭐가 되고 싶은지 묻게 된다.

　아이의 꿈은 수시로 바뀐다. 그중 유튜버와 게임 크리에이터는 꿈 목록에 꼭 들어간다. 만화가가 되고 싶다고 했다가 또 어떤 날은 사업을 해보고 싶단다. 요즘에는 꿈이 없는 애들이 더 문제라던데 수시로 바뀌는 꿈이라도 있는 게 다행인가 싶기도 하다. 이렇게 저렇게 걱정하는 나와 달리 아이는 느긋하고 여유롭다. 걱정은 미뤄두고 진로는 그때 돼서 생각하고 현재를 즐기겠다고 한다. 대학은 아빠가 나온 대학 정도로 가도 만족한단다. 그 소리를 들은 남편은 심란한 듯 보였다.

　이러다 보니 내가 혼자 애타게 찾아서 아이에게 들이미는 정보는 의미가 없다는 생각을 지울 수 없다. 나를 돌이켜봐도 스스로 정하지 않은 일에는 성과를 내지 못했다. 그래서 아이의 진로를 위해 무언가를 시키는 것이 효율적인지 의심하게 된다. 요즘 자기 주도 학습이라는 말이 유행이지만 주도성은 학습에만 국한된 것이 아니다. 자기 주도성은 인간이 가질 수 있는 진정한 자유 그 자체이다. 20대 초반 유럽 배낭여행에서 나는 영어 공부를 결심했다. 누가 시켜서 한 일이 아니다. 사람은 자기가 원하고 선택한 일에만 진짜 책임을 진다. 그리고 인간은 자유로울 때 비로소 행복할 수 있다. 아이가 행복해지는 것이 나의 바람이니 아이 말대로 현재를 즐기게 놔두는 것이 맞을 것이다. 자기 분야에서 소위 성공을 이룬 사람들은 한결같이 이야기한다. 내가 이 일을 하게 될지 몰랐다고. 그래서 아이 말대로 현실에 충실하다 보면 운명이 어딘가로 이끌어 줄 거라는 막연한 정신 승리로 마음의 평화를 찾고 있다.

대신 아이가 꿈을 찾을 동안 내 진로나 찾아야겠다. 어디에서도 환영받지 못하는 40대 중반 경력 단절 아줌마가 뭘 할 수 있을지 말이다. 아 막연하다. 그런데 무슨 아이에게 꿈과 진로를 논하겠는가.

결국 아이는 자기만의 세계를 찾아 나갈 것이다. 나처럼 실수를 통해 배울 것이다. 경쟁에서 지더라도 승패를 인정하는 사람이 더 훌륭한 사람이라는 것을 알게 될 것이다. 나는 이 끝나지 않을 것 같은 2인 3각 경기에서 아이와 함께 발을 묶는 대신 옆에 서서 사랑과 신뢰를 듬뿍 담아 아이의 꿈을 열심히 응원할 것이다. 에잇 나나 잘하자.

"아빠가 다녔던 A 대학 정도 가면 되지 않을까 싶어." 초등학생 아들이 불쑥 한 말에 적지 않게 당황했다. 지방의 한 사립대학을 목표로 공부해 보겠다고 하는 아들의 말에 "좀 더 높은 목표를 가져봐, 너 유치원 때에는 옥스퍼드 대학교 간다고 했잖아."라고 말했다. 속으로는 '그것은 아니다.'를 부르짖으면서 말이다. 지방대를 나온 부모의 DNA를 넘어서 인서울 또는 해외의 대학까지 도전해 봤으면 하는 욕심과 이기심이 묘하게 작용한다. 어차피 해야만 하는 공부라면 이왕이면 좋은 대학에서 기반을 잡는 것이 졸업 후의 사회생활에 유리하다. 같은 지역, 같은 대학 출신이라는 동질감과 친근감은 사회생활에서 좋은 위치를 선점할 수 있는 근사한 무기이다. 그것은 국내외를 막론한다. 아들이 나와 같이 S 초등학교, S 중학교, S 고등학교, A 대학교를 나온다면 개인적인 흐뭇함은 있을지언정, 나와 같은 길을 걸어야 할 확률도 높아진다는 것이다. 거기에는 흐뭇한 감정보다는 걱정과 피로감이 먼저 든다.

아들은 운이 좋게도 유수한 국립대학교 부설초등학교에

입학 후, 졸업을 한 학기만 남겨두고 있다. 귀가 얇은 나는 국제중학교에 지원해보기를 권해 본다. 아들도 아내도 싫다고 한다. 아들은 동네 친구들이 많은 S 중학교에 진학하길 원한다. 친구 따라 강남이라도 갈 기세이다. 아내도 집 근처의 중학교를 선호한다. 국제중학교는 학습의 양도 많고 전교 학생의 수가 적어서 다양한 친구를 사귈 기회가 적다고 한다. 그리고 아이를 경쟁이 심한 곳에 보내고 싶지 않다고 한다. 중학교 친구부터가 사회생활에 도움이 되는 경우가 많기 때문에 은근히 엘리트 집단에 아들을 끼워 넣고 싶은 나의 얄팍한 마음이 이들을 괴롭히고 있는 것 같다. 그러나 생각해보면 경쟁은 어느 곳에서든 일어난다. 결국은 냉혹한 사회에서 살아남아야 한다. 아들과 아내를 다시 설득해본다. 좋은 환경과 안정된 면학 분위기 속에서 공부할 기회이다. 학교폭력도 덜 할 것이다. 그것이 성공한 삶을 향한 전략적 우위를 차지할 수 있다고 말한다. 아내는 다음에는 무엇이 있냐고 되묻는다. 그다음? 좋은 대학이 있고, 대기업에 취업할 수 있고 부장과 임원이 될 것이다. 다음은 은퇴와 노후가 있을 것이다. 아뿔싸! 나와 별반 다를 게 없는 삶이다. 중소기업이냐 외국계 기업이나 대기업이냐가 다를 뿐이다. 그 속에 행복한 삶이 있냐고 또 묻는다. '맙소사, 너는 내가 행복해 보이냐?' 아들은 자신도 부모가 되면 좋은 환경에서 아이를 공부시키고 싶을 거 같다며 아빠의 마음은 이해한다고 말한다. 하지만 동네 친구와 즐겁게 학교에 다니며 노는 것이 더 행복할 것이라고 한다. 소소하지만 확실한 행복을 원하는 아이의 소망을 담보로 불확실한 미래에 있을지 없을지도 모르는 행복을 강요할 수 있을까?

페루에서 파견 근무를 하는 친구가 여름 휴가차 한국을 방문했다. 친구는 가족들을 데리고 페루에서 2년간 생활 중이다. 아이들은 스페인어와 영어를 배운다고 한다. 친구는 한국에서 대학 입시를 위해 공부하고 경쟁하며 대기업에 입사하기 위해 치열하게 사는 것보다 해외에서 공부하는 것이 나은 거 같다고 했다. 이방인으로서 사는 것이 어렵기는 해도 아이들의 미래를 위한 투자라는 것이다. 부모의 희생이 아이의 미래를 담보하는지 궁금해졌다. 아내는 친구와 함께 찍은 사진을 보며 부쩍 살이 빠진 친구를 걱정했다.

2014년, 노르웨이에서 파견 근무를 한 적이 있다. 짧은 기간이었지만 우리는 이방인의 삶을 경험해 보았다. 그 당시 아이를 외국 학교에 보내는 것에 대해 진지하게 고민해 보았다. 아내는 부모의 희생을 담보로 아이를 교육하는 것은 바람직하지 않다고 했다. 나는 부모의 희생 없이 아이를 키우는 것은 비현실적이라고 했다. 해외 유학 생활이 항상 좋은 결과를 줄 수는 없을 것이라는 점에서는 서로 동의했다. 아이 교육을 위해 노르웨이에 사는 몇몇 한국인들을 만나보니 아이의 정체성, 친구 관계, 문화적 이질감, 인종차별 같은 문제들을 가진 채 살고 있었다.

여기에 없는 것이 꿈이다. 꿈과 진로가 함께 하면 좋으련만 꿈은 없고 진로에 대한 고민만이 가득한 현실이다. 대학 졸업 전후로 꿈을 좇아 이곳저곳을 기웃거려본 적이 있다. 아내도 꿈을 좇아 활동한 적이 있다. 그때 꿈에 대해 좀 더 빨리 고민해 보고 행동했다면 우리는 서로 다른 삶을 살고 있지 않을까? 서로의 꿈을 이루었다면 우리는 만나지 않았을지도 모른다.

아들의 진로에 대한 진지한 고민은 나와 아내의 몫이고 아들은 오늘도 신나게 놀 궁리 중이다. 방과 후 수업에 검도, 피아노 학원을 마치고 놀 수 있는 시간을 계산해 본다. 꿈은 과학자와 유튜브 크리에이터, 게임 개발자 등등이다. 그래서 스마트폰으로 게임을 하고 유튜브를 보고 음원을 찾아 듣고 있는 것이라 믿고 싶다. '싫어병'(부모의 모든 제안에 '싫다'고 말하는 병)을 앓고 있는 아들에게 하고 싶지 않은 것을 제외하고 남아있는 것들부터 경험해 보는 것도 꿈을 찾는 방법이라고 말하고 싶다.

▶ 아들 이야기 ||||·||||||·|·||||||·||||·|·|||·|||||·|·||

내 꿈은 사업가다. 아주 큰 회사를 경영해서 돈을 많이 벌고 싶다. 이런 꿈을 가지고 있지만 꿈에 대한 구체적인 생각은 없다. 사실 지금은 꿈이 막연해서 나중에 어른이 되어 사회에 나가게 되면 내 꿈도 바뀔지 모르겠다는 생각도 한다.

나는 꿈이란 위대한 것이라고 생각한다. 꿈을 위해 한 걸음씩 나아가는 사람을 보면 존경심이 들기도 한다. 그러면서 이런 질문을 하게 된다. 과연 우리는 꿈을 위해 노력하며 살고 있는가? 답은 '현재 나는 그렇지 않다.'이다. 꿈을 위해 나아가기보다 그저 소파에 누워서 빈둥빈둥하고 있을 때가 많다. 이런 생각을 하다 보면 가끔씩 현타가 오기도 하지만 이게 실제 내 모습이다. 그저 먹고 자는 것이 내 인생의 대부분을 차지한다.

그래서 지금 이런 먼 미래의 꿈에 대해 질문을 던지는 것보다 현재 당장 내 앞에 와 있는 '진로'를 탐색하는 것이 중요하다고 생각한다. 나는 조금 있으면 중학생이 된다. 내가 가고 싶은 중학교는 동네에 있는 'S 중학교'이다. 집과 가깝고 동네 친구들이 대부분 가게 되는 중학교이다. 아빠는 나에게 집에서 30분 거리에 있는 국제중학교에 도전해 보라고 했다. 하지만 나는 정말 국제중학교는 싫다. 이유는 여러 가지가 있지만 가장 큰 이유는 동네 친구들과 함께 다닐 수 없기 때문이다. 아빠는 작년 해외에 있는 국제중학교에 갈 기회를 만들려고도 했는데 나는 그때 '제발 아빠가 해외로 가는 면접에서 떨어지게 해달라고…' 기도했었다. 결국 내 기도는 통했다. 앞으로도 그런 기회가 없기를 바란다. 꼭 엄마와 아빠가 원하는 진로를 따라가야 하는지 잘 모르겠다. 지금은 딱히 그런 요구를 하지는 않고 있지만 나는 엄마와 아빠가 만약에라도 그런 이야기를 하고 그것이 내 마음에 들지 않는다면 그들의 이야기를 따라가지는 않을 것 같다. 내 인생은 내가 선택할 권리가 있다고 생각한다. 고등학교는 동네에 있는 고등학교가 아니고 다른 곳으로 가볼까도 생각한다. 그런데 좋은 고등학교에 가려면 공부를 아주 열심히 해야 하니 갈 수 있을지 모르겠다. 그래도 한번 도전은 해보고 싶다.

　사실 내가 제일 하고 싶은 것은 독립이다. 스무 살 정도에 독립할 것을 계획했다. 시간이 얼마 남지 않았다. 나는 독립에 대한 로망이 있다. 독립하면 내 마음대로 행동할 수 있으니 정말 좋을 것 같다. 맘껏 게임도 할 수 있고 영화도 온종일 볼 수 있고 내가 원하는 것을 살수도 있다. 물론 돈은 내가 벌어야 하겠지만. 내 꿈인 사업가가 되어 돈을 벌기 위해서는 엄청나게 공부를 잘해야 할 것 같은데 과연 그럴 수 있을지도 모르겠다. 틈틈이 미래를 위한 계획을 해야 할 것 같다.

진로에 대해 진지하게 생각해본 적이 없었는데 글을 쓰다 보니 나의 미래에 대해 생각해보게 된다. 나는 어떤 직업을 가지게 되고 어떤 일을 하게 될까? 지금의 내 꿈과 진로가 바뀌지 않을까? 아무리 생각해봐도 잘 모르겠다. 현재 내 꿈은 막연하지만 그래도 한번 시도해볼 만한 거 같다. 혹시 모르지. 나중에 천재 사업가가 되어있을지도.

그림 / 아들 주시헌

그들만의 리그

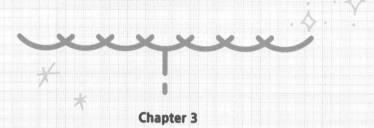

Chapter 3

부부싸움

사천칠백서른일곱 번. 나와 남편이 싸운 횟수쯤 될 것이다. 결혼한 지 오천일을 향하고 있으니 이틀에 한 번꼴. 하루에 두 번을 싸운 적도 있으니 그만큼 자주 다투고 아웅다웅하고 있다는 얘기다. 서로 너무 취향이 같거나 잘 맞아서 결혼한 부부들이 많던데 우리는 어쩌면 너무 반대라서 끌렸는지도 모르겠다. 어마어마한 다툼 횟수와 다르게 싸움의 이유는 사소하다 못해 한 시간쯤 지나면 이유를 기억하지 못할 만큼 보잘것없다. 우리의 싸움은 대부분 나의 잔소리로 시작되고 남편은 소심한 반항을 하다가 끝나곤 한다. 남편은 대부분 화를 내지 않고 큰소리도 내지 않는 편이다. 나의 높은 음역의 목소리를 거르는 장치를 몸에 장착한 듯 여유롭고 위트있게 상황을 모면하는 편이기도 하다.

그리하여 우리가 크게 싸워서 아직도 서로 기억에 담고 있는 사건은 남편이 크게 화를 냈을 때이다. 14년의 결혼생활 중 두세 번 정도인데 그 임팩트는 꽤 크다. 그래서 나와 남편, 아이까지도 그날의 기억이 강렬하게 남아있다. 이 싸움은 그 세 번의 싸움 중 하나였다.

창원에 사는 이모는 북면 근처에 땅을 샀다. 컨테이너 집을 하나 가져다 놓았고 텃밭을 꾸려 놓았다. 마당에 있는 정자에 앉으면 쫙 펼쳐진 시골 풍경과 작은 저수지를 볼 수 있는 멋진 곳이다. 이모는 엄마와 여동생네 가족 그리고 우리 가족을 바비큐 파티에 초대했다. 남편은 예전부터 땅을 사서 텃밭을 가꾸며 사는 것에 대한 로망이 있었고 이모네 땅은 그런 그의 로망을 충족시켜주기에 충분한 곳이었다. 북적북적 함께 모여 숯불에 고기를 구워 먹고 아이와 조카는 밤도 따고 강아지와 뛰어놀며 즐겁게 시간을 보냈다. 물론 나도 친정 식구들과의 시간이 즐거웠다. 그러나 모임 전 남편에게 여러 차례 약속을 받아놓았다. 술을 마시는 것은 좋으나 너무 취하지 말 것, 돌아올 때 내가 운전을 해야 하니 취하지 않은 상태에서 길을 잘 찾아줄 것. 남편은 몇 번이고 알았다며 고개를 끄덕였다. 남편은 언제나 처가 모임에서는 술을 많이 마셨고 만취 상태가 되었다. 나의 친정 식구들은 내가 남편에게 술을 그만 마시라고 핀잔을 주면 오히려 나를 타박했다. 사위 대접을 잘해야 한다고 생각하기 때문일 테다.

맛있는 고기와 맑은 공기, 자기의 로망이 실현된 공간을 보고 남편은 나와의 약속은 깡그리 잊은 채 한잔 두잔 술을 마셨고 집으로 돌아갈 때쯤엔 어김없이 만취가 되어 있었다. 나는 솟구치는 화를 누르며 차에 올랐다. 남편은 차에 타자마자 그나마 잡아놓았던 정신줄을 바로 놓았고 나는 만취한 남편과 어린아이를 차에 태우고 가로등 하나 없는 시골길을 달려 고속도로 입구를 찾아야 하는 임무를 수행해야만 했다. 네비게이션은 시골길을 잘 찾지 못해 계속 경로 탐색을 반복했고 나는 무서워졌다. 그리하여 남편에게 일어나 고속도로에 진입할 때까지 정신을 차려보라고 했다. 남편은 정신을 차려보려는 듯 몸을 일으켰지만 자신의 의지로 되지 않는 듯 보였다. 참을성이 바닥난 나는 남편에게 소리를 질렀고 몇 번의 실패 끝에 고속도로에 진입했다.

고속도로에 진입한 것을 확인하고 남편은 바로 곯아떨어

졌고 아이 또한 피곤했는지 잠이 들었다. 그렇게 50분간 조용해진 차 안에서 내 마음 안에는 분노가 들끓었다. 같이 시간을 보낸 제부는 술 한 방울 마시지 않고 본인이 운전대를 잡았다. 위험할까 봐 낮에도 절대 운전대를 맡기지 않는다는 지인 남편의 이야기가 떠올랐다. 도대체 코를 골면서 자고 있는 이 남자는 와이프가 밤 운전을 하는 것이 전혀 걱정되지 않는 것일까? 나와 아이를 책임지는 마음이 있다면 어떻게 저렇게 만취가 될 수 있을까? 외로움이 차 안 공기를 덮었다. 술 때문에 몇 번 나를 힘들게 했던 사건들이 떠오르며 남편에 대한 분노가 하늘 끝까지 올라가는 느낌이 들었다.

아파트에 도착해 주차를 마쳐도 남편과 아이는 깨지 않았다. 아이만 데리고 올라갈까 잠시 생각했지만 나는 그렇게 독하지 못하다. 남편을 두드려 깨웠다. 그러고는 남편에게 잔소리를 쏟기 시작했다. 차에서 잠시 숙면을 취한 남편은 술이 조금 깼는지 나의 핀잔에 인상을 쓰기 시작했다. 방귀 뀐 놈이 성낸다더니 잘못에 대해 반성의 기미가 없는 남편을 보니 나는 한계에 이르렀다. 집에 도착하여 본격적으로 남편에게 잔소리를 늘어놓았고 남편의 인상은 더 일그러졌다. 그러더니 남편이 화를 내기 시작했다. 소리를 지르고 식탁을 두드렸다. 내심 놀랬지만 티를 낼 수도 없었다. 서로 고성이 오고 가고 싸움은 더 치열해졌다. 그러나 아이가 우리를 보고 있었다. 남편은 술에 취했지만 나는 맨정신이다. 나라도 정신을 차리고 멈춰야 했다. 아이 때문에 참으려니 눈물이 흘렀다. 남편은 내가 아이 때문에 참는다는 것을 알까? 몰랐던 게 분명하다. 샤워를 겨우 마치고는 바로 침대에 쓰러져 누가 업어 가도 모르게 잠이 든 걸 보면 말이다.

다음 날 아침 남편은 통통 부은 얼굴로 숙취를 핑계 삼아 낮잠을 자며 어색한 시간을 잘 뭉개버렸다. 아이는 저기압인 엄마의 눈치를 보며 조용히 혼자 놀았다. 남편은 여전히 내가 자신이 술을 많이 마신 것과 운전을 시킨 것 때문에 화가 난 것으로 생각할지도 모른다. 고성이 오간 싸움 이후 나는 진심을 말한 적이 없기 때문이다. 어떤 진심은 좀 유치하고 자존심 상하는 일이라 말하기가 어렵다. 나는 '당신이 나와 아이를 보호할 생각이 없는 사람처럼 보였고 그것이 나를 많이 외롭게 만들었다.'라는 말을 끝내 하지 않았다. 대신 다시는 이모네 시골 텃밭에는 가지 않겠다는 협박만을 남겼다.

부산에서 약 1시간 정도를 차로 달리면 도로가 잘 정비된 창원의 한 온천 단지가 있다. 마금산 끝자락에 있는 북면이다. 북면은 막걸리로도 유명한 마을이다. 가을이 들어설 무렵 우리 가족은 창원에 사시는 처가 이모님의 초대를 받았다. 처가 이모님은 과수원을 하던 땅을 사서 텃밭을 일구고 첫 수확을 준비하고 있었다. 북면 마금산 온천탕을 기점으로 비포장도로를 따라 오른다. 도로 좌우로 과수원들이 보이기 시작했다. 단감나무들은 가을 햇살을 받으며 지지대에 몸을 기대어 서로 키재기를 하고 있었다. 밤나무에 송송이 달린 밤송이들이 익어가고 땅에 떨어진 밤송이들은 다음 여행을 기다린다. 도로에서 조금 떨어져 경사로 왼편으로 진입하니 입구가 보였다. 철문을 열고 들어서니 정원수로 둘러싸여 있는 평탄하고 넓은 대지가 우리를 기다리고 있었다. 포도밭을 뒤로하고 좌우에 텃밭이 있었고 한쪽에는 컨테이너와 데크를 설치하여 농막으로 사용하고 있었다. 농막의 우측 정면으로는 정자가 있었다. 정자에 오르니 마을과 과수원이 한눈에 내려다보였다. 햇살에 비친 저수지가 반짝거렸다. 산 아래에서 불어오는 바람을 맞으며 정자에서 잠시 눈을 감았다

떠보았다. 그곳에는 넓고 푸른 하늘과 반짝이는 저수지 그리고 고요한 설렘이 있었다. 짧지만 치열하게 고민하며 살아왔던 날은 사라지고 더 길게 살아남기 위해 발버둥을 치며 경쟁해야 할 미래는 그대로 멈추어 있었다. 주인의 발자국 소리를 듣고 자라나는 작물들과 꼬리를 치며 달려드는 강아지, 가족들의 웃음소리만이 둥둥 떠다니고 있었다. 삼겹살을 굽기 위해서 나뭇가지와 장작을 모아 불을 피웠다. 금세 '타다닥' 소리와 함께 모락모락 시골 향기가 올라왔다. 두툼한 삼겹살을 철망 위에 올리자 '치익'하고 고소하게 익기 시작했다. 모든 것이 완벽했다.

처가 이모님의 초대로 창원으로 출발하기 전 아내는 나에게 단단히 언질을 주었다. 절대 음주를 많이 하지 말라는 것이었다. 적당한 음주에 대한 기준은 서로 다르지만, 아내의 부탁은 정당하다. 이모부와의 술자리는 늘 나의 주량을 웃도는 것이었다. 나름 술자리를 즐기는 나이지만 단시간에 소맥을 비워내는 이모부의 주력은 상대할 수 없는 경지이다. 그러다 보니 내가 먹던 술이 또 술을 불러 나를 먹는 경우가 종종 있다. 나의 술버릇은 잠드는 것이다. 술에 취하면 순간 잠이 든다. 어디서든지 꾸벅꾸벅 졸 수 있었다. 나도 몰랐던 놀라운 재주였다. 신혼 초 한번은 처가 식구들과 같이 선상 낚시터를 찾은 적이 있었다. 저녁 술자리를 끝내고 장인 어른 이모부님과 화투 놀이를 시작했다. 역시나 주량을 넘은 날이었다. 화투판이 두세 번 돌아가고 갑자기 아내의 앙칼진 목소리가 들린다. 정신을 차리니 화투패 4장을 손에 들고 꾸벅꾸벅 졸고 있는 나를 발견했다. 한바탕 웃음으로 끝난 일이었지만 이후로 아내는 적당한 음주의 기준을 졸음으로 정한 것 같다.

함박웃음을 띤 이모부님의 손에는 북면 막걸리가 들려있었다. 삼겹살을 굽고 있던 동서와 나에게 막걸리를 권하셨다. 무르익은 분위기와 소맥에 적당히 취했던 나에게는 거부하기 힘든 상황이었다. 쌈을 싸주시면서 술을 권하는 상황에 어떻게 하겠는가. 못이기는 척 마신 술이 여러 잔이 되는 사이에 처제와 아내는 이모님과 고추 수확에 여념이 없었다. 수확의 재미는 작물을 키우는 사람만의 기쁨은 아닌 것 같다. 해가 뉘엿뉘엿 넘어갈 즘이 되자 아내가 귀가를 독촉하였다. 아마 야간 운전에 대한 두려움 때문이리라. 그러나 가족과의 오랜만의 즐거운 시간에 처가 외삼촌이 흥이 나셨던 모양이다. 외삼촌의 집은 북면에서 멀지 않은 곳에 있다.

새로 집을 지은 외삼촌은 저녁을 먹자고 하며 우리를 초대했다. 주택 앞은 하천이 흘렀고 외삼촌은 창고와 데크도 지을 예정이라고 했다. 마을 너머에 있는 축사에 풍겨 오는 냄새가 흠이었지만 도시의 성냥갑 속에서 살고 있는 나로서는 무척이나 부러운 일이었다. 외삼촌은 자랑 반 즐거움 반이 섞인 술잔을 건넸고 나는 부러움을 가득 담아 삼켰다. 자연과 함께하는 농촌에서의 삶에 대한 부러움은 언젠가부터 나의 마음속에 자리 잡은 모양이다. 코흘리개 시절에 할아버지 댁 근처 논두렁과 밭두렁을 뛰어다녔고 도랑에서 미꾸라지를 잡으며 놀던 추억이 무럭무럭 컸을지도 모를 일이다.

아쉬움을 뒤로하고 집으로 돌아가는 차에 올라탔다. 아내가 운전하는 차는 어느 순간 같은 방향으로 달려야 할 처제 차량과 반대로 달리기 시작했다. 야간 운행에 대한 부담으로 아내는 이미 예민해져 있었고 차량 내비게이션의 친절한 안내로 들어선 곳은 가로등도 없는 한적한 시골 논두렁길이었다. 또 한 번 아내의 앙칼진 목소리가 들렸다. 졸고 있던 나는 황급히 스마트폰의 내비게이션을 작동시켰지만, 아내는 이미 멘붕 상태였다. 모든 것이 실시간 오류 상태였다. 차량의 내비게이션은 대답 없는 위성에 신호를 보내고 있었고 아내는 나에게 소리를 지르고 있었다. 나는 술기운에 내비게 이선과 씨름했다. 차를 돌려 겨우 길을 찾아 고속도로로 진입하였다. 안도의 한숨과 함께 다시 잠이 든 나는 무릉도원에서 신선놀음을 하다가 귀가한 나무꾼 꿈을 꾸었다. 나무꾼의 아내는 도낏자루를 썩게 놓아둔 나무꾼을 잡아먹을 기세였다. 아내는 집에 도착한 그를 완전히 비난하며 몰아세웠다. 술에 취한 나무꾼은 심한 자괴감과 덜 깬 정신으로 도끼날만 바라보며 순간을 지워 버리고 싶은 심정이었다. 한 걸음만 더 갔으면 도끼로 자신의 목을 쳐버렸을 수도 있었을 것이다. 아직도 무릉도원의 나무꾼 이야기가 전설이 되어 전해져 오는 것은 나무꾼이 죽지는 않고 살아 있었기 때문이라는 이야기가 있다.

그 이후로 북면으로부터의 초대가 두어 번 더 있었다. 하지만 우리 가족은 독감이나 다른 일로 방문할 기회가 없었다. 일부로 가지 않는 것인지 못 가는 것인지 아내만이 진실을 알 뿐이다.

▶ 아들 이야기 ᴵᴵᵎᴵᴵᴵᴵᴵᴵᴵᴵᴵᴵᴵᴵᴵᴵᴵᴵᴵᴵᴵᴵᴵᴵᴵᴵᴵᴵᴵᴵ

몇 년 전 우리는 이모네와 외할머니와 함께 창원의 이모할 아버지 시골집에 놀러 간 적이 있었다. 무언가 도시화 된 시골 마을이었다. 사촌 동생과 함께 강아지랑 뛰어놀고 근처에 있는 밤나무에서 밤도 땄다. 밤을 따다 발에 가시가 박혔는데 다행히 크게 다치지는 않았다. 바비큐를 먹고 근처에 있는 다른 친척 시골집으로 가서 저녁을 먹었다. 사촌 동생이랑 고양이도 만지고 맘껏 뛸 수 있어서 좋았다.

사건은 집으로 돌아오는 길에 일어났다. 아빠가 술을 마셨기 때문에 엄마가 운전해야 했다. 그런데 그곳은 엄마에게 초행길이었고 가로등 하나 없는 시골길이었기 때문에 운전하는 데 애를 먹는 듯 보였다. 아빠는 많이 취했는데 뒷좌석에 앉자마자 코를 세게 골기 시작했다. 나는 조금 걱정이 되었지만, 별말을 하지 않았다. 엄마가 운전할 때 말을 시키면 별로 좋아하지 않기 때문이다.

내비게이션에서 '경로를 이탈하였습니다.'가 10번 정도 들리자 엄마는 참지 못하고 아빠를 깨웠다. 아빠는 스마트폰 내비게이션을 눌러 길을 찾는 듯했지만, 횡설수설했다. 아빠가 취한 목소리로 길을 안내하자 엄마는 겨우 고속도로에 들어갈 수 있었다.

엄마는 술에 취한 아빠에게 화를 내기 시작했다. 초행길인데 길 찾는 걸 도와줘야지 어찌 그러냐며 섭섭하다고 했다. 아빠는 자기 잘못을 네비게이션 탓을 하며 도리어 화를 냈다. 상황은 심각해 보였지만 '집에 도착하기 전에 끝나겠지.'라고 생각하면서 싸움 소리를 한 귀로 듣고 한 귀로 흘려버렸다.

그런데 싸움은 집에 들어와서도 계속되었다. 나는 지금까지 엄마, 아빠의 부부싸움을 많이 보았기 때문에 '뭐 저러다가 내일 그치겠지.' 하면서 조용히 싸움을 지켜보았다. 아빠는 "내비게이션이 잘 안되는 게 내 잘못이냐고!" 하며 탁자를 쾅쾅 두드렸다. 우리 아버지 참 거하게 술을 드셨나 보다. 나는 속으로 조용히 아빠를 디스했다. 그 순간 엄마가 울었다. 나는 휴지를 가져다주었다. 엄마에게는 아빠랑 싸울 때 분노 게이지 단계가 있다. 1단계는 약간 짜증을 낸다. 2단계는 조금 화를 낸다. 3단계는 고함도 지르고 화를 낸다. 4단계는 운다. 엄마가 우는 걸 보니 분노 게이지가 최고치인 것 같았다. 그래도 다행인 건 이런 싸움이 나도 다음 날이 되면 풀린다는 것이다. 내가 보는 엄마 아빠의 부부싸움은 참 단순하다.

장(腸)과 장(場)사이

아내가 서둘러 집을 나섰다. 격주로 있는 아르바이트를 하러 도서관으로 가는 날이다. 나와 아들은 집 안을 대충 정리하고 외출 준비를 한다. 정형외과에서 엑스레이와 물리치료를 받기 위해 아들과 함께 집을 나섰다. 요즘 들어 부쩍 무릎이 좋지 않다. 지난해 겨울 한라산 등반과 올해 봄 밀양 장거리 자전거를 탔던 탓이다. 독감에 걸린 아들은 며칠 동안 집에만 있었던 탓인지 게임을 하기 위한 요량인지 선뜻 따라나선다. 아내에게서 문자가 온다. 애한테 게임보다는 집에서 혼자 책을 보도록 하는 편이 낫다는 문자다. 물리치료가 끝날 즘 아내에게서 전화가 온다. "집에 올 때 시장에서 숙주

2천 원어치만 사 와." 어디가 어떻게 아픈지 묻지도 않고, 괜찮은지 왜 그런지는 따지지도 않는다. 현금이 있는지, 숙주는 시장 어디서 사야 하는지도 알려주지 않는다.

물리치료를 마치고 대기실에서 게임을 하던 아들에게 손을 흔들며 눈빛으로 병원 밖으로 나가자고 한다. 아들은 엘리베이터 앞에 있던 나를 지나쳐, 비상계단을 통해 내려간다. "아니, 아들아, 아들……" 주변에 환자들이 많아서 듣지 못해서였을까? 아들은 아빠라고 보이는 등짝을 따라 계단을 황급히 뛰어 내려갔다. 무릎이 아파서 병원에 온 아빠가 계단을 뛰어서 갈 수 있는지 없는지 생각할 여력도 없이 말이다. 1층에서 등짝 아저씨에게 홀렸다가 온 아들을 만났다. 게임에 정신이 팔려 아빠도 몰라보냐고 하니 아들이 오히려 화를 낸다. 게임에 정신이 팔려서 그런 게 아니라 아빠인 줄 착각하고 따라갔다고 한다. 아빠인 줄 착각한 이유가 게임에 정신이 팔려서 그런 것이라고 하니 아니라고 우긴다. 갑자기 영화 〈괴물〉에서 송강호가 괴물을 보고 놀라 딸의 손을 잡고 도망치는 장면이 나온다. 결국 그 아이는 송강호의 딸이 아니었다. 송강호는 그 아이가 딸인 줄 착각했을까? 괴물에 정신이 팔렸을까? 등짝 괴물에서 무사히 탈출한 우리는 시장으로 향했다. 우리가 주로 이용하는 채소 가게는 두 군데이다. 그중 하나의 채소 가게 앞에서 아내에게 전화한다. "거기 가게의 숙주는 별로이니 마트 맞은편 안경 낀 자매 가게에서 사 와." 땀이 흐르기 시작한다. 무슨 소리인지 모르겠다. 안경 낀 자매 가게라는 간판이 있는지 둘러본다. 아내도 아르바이트를 마치고 귀가 중에 다른 마트에서 장(場)을 본다고 한다. 거기서도 충분히 살 수 있을 것인데 아마도 가격과 품질이 눈에 차지 않는 모양이다.

아침부터 서둘러 움직였던 탓인지 장(腸)에서 꾸르륵 소리가 낸다. 땀이 송골송골 맺혀온다. "아빠, 엄마가 숙주는 왜 사 오라고 한 거야? 점심은 뭐 먹을까?" 결정적인 순간에 아들의 질문에 화를 내고 만다. 배가 아프다고 하니 "그래서 아빠가 예민했구나."라며 이해와 위로를 해준다. 현관 도어록에 빨간 불이 들어온다. 지난 새벽, 취객이 우리 집 현관 도어록을 수십 번 눌렀던 탓에 배터리가 교체 신호가 울린다. 또 땀이 흐른다. 겨우 화장실에서 평온을 찾는다. 화가 난 나의 장(腸)의 위로가 끝날 사이도 없이 아내의 전화가 온다. 곧 도착할 예정이고 짐이 많으니 지하 주차장에 내려오라는 것이다. 아들에게 대신 내려가든지 큰 짐들은 차에 잠시 보관해두라고 전달한다. 아들이 아내와 통화를 하는 듯

하다. 아들은 아내가 곧 지하 주차장 입구로 들어온다고 전한다. 아내는 나의 화장실 출입 횟수를 세고 핀잔을 주는 편이다. 급히 내려가지 않으면 또 올라와서 잔소리를 늘어놓을 게 분명하다. 황급히 옷을 입고 캐리어를 챙겼다. 아내와 엘리베이터 입구에서 마주쳤다. 눈에서 번갯불이 이는 듯했다. 한꺼번에 아내에게 화를 쏟아 내었다. 엘리베이터에 있던 당황한 이웃이 황급히 문을 닫았다. 아내의 장(場)보기 때문에, 나의 장(腸)보기 운동이 침해받은 것에 분노를 느꼈다(무엇이 중헌디?).

한바탕 서로의 입장을 떠들고 나니, 아들이 얼굴을 이불에 파묻고 웃고 있다. 식어버린 땀을 닦은 수건을 바닥으로 던지고 화장실로 향했다. 샤워를 마치니 폭풍 같은 토요일 오전이 지나 버렸다. 그리고 아내는 여전히 숙주 값 2천 원을 주지 않는다.

▶ **엄마 이야기** ⅻ│ⅼ··················ⅻ│ⅼⅻ│ⅼⅼ·

도서관 수업을 하는 토요일 아침은 바쁘다. 평일과 비슷한 시간에 일어나 아침밥을 차리고 가볍게 화장도 한다. 수업 준비에 빠진 것이 없나 확인을 하고 집을 나섰다. 올망졸망 귀여운 아이들에게 영어 그림책을 읽어주고 독후활동을 하면 힘이 들다가도 그 순수한 에너지에 기분이 좋아진다.

수업을 마치고 집으로 오는데 텅 빈 냉장고가 떠올랐다. 남편에게 전화를 걸었다. "장을 좀 봐야 할 것 같은데 어떻게 할까?" 전화를 받는 남편의 목소리가 눌려져 있다. "나 지금 정형외과 왔어. 물리치료 받고 있다. 한 시간쯤 걸릴 것 같아." 남편은 아이를 데리고 동네 정형외과에 있었다. 아이는 분명히 그곳에서 아빠를 기다리며 신나게 게임을 하고 있을 것이다. 게임의 기회가 없다면 더운 날 아빠를 따라 병원을 따라가지 않았을 테니까. 짜증이 났지만 어쩔 수 없이 동네 마트로 향했다. 혼자 장을 보면 좋은 점도 많다. 천천히 하나하나 따져보며 물건을 고를 수 있다. 술이나 과자처럼 건강에 좋지 않은 것은 담지 않는다. 카트 하나가 금세 가득 찼다. 이렇게 사도 언제 샀냐는 듯 그 많은 음식은 미스테리하게 사라진다. 채우고 또 채워도 다음날이 되면 먹을 것이 없다. 분명 누군가는 그걸 먹어서일 텐데 셋이 같이 먹기에 누가 냉장고 털이범인지 확실히 알 수가 없다. 나는 범인이 남편이라고 생각한다. 물증은 없지만 심증은 있다. 남편의 화장실 가는 횟수가 우리 집 1위이기 때문이다. 2위, 3위와 견줄 수 없는 독보적 1위이다. 위장과 대장은 거짓말을 하지 않는다.

장을 본 물건을 박스에 담고 낑낑대며 트렁크에 싣고 보니 숙주 사는 걸 깜빡했다는 걸 알게 되었다. 범인에게 전화를 걸어 물리치료가 끝나고 집에 가는 길에 숙주 2천 원어치를 사 오라고 했다. 남편은 어느 집에서 숙주를 사야 하는지 묻는다. 숙주도 잘 먹으면서 그 사소한 장도 보지 못하는 남편이 답답했다. 아파트 주차장으로 들어가면서 범인에게 전화를 걸었다. 정형외과에서 돌아올 시간이 지났는데 전화를 받지 않는다. 한참 신호음이 울리고 아들이 전화를 받았다. "엄마 짐이 무거워. 아빠한테 카트 끌고 지하 3층으로 내려오라고 해줘." "엄마, 아빠 화장실에 있어. 지금 못 내려간대. 조금 기다리래." 쯧쯧쯧. 늘 저놈의 장이 문제다. 남편은 꼭 결정적 순간에 화장실을 간다. 남편의 장 문제로 나는 늘 남편을 기다려야 했다. 남편의 장은 언제 어디서 공격할지 모르는 게릴라군 같다. 신혼 초 새해 일출을 보러 가서도 그 결정적 순간에 남편은 장에 신호가 왔다고 했다. 해운대 달맞이 길에서 우리는 일출을 뒤로 하고 문을 연 카페를 찾아야 했다. 그뿐 아니라 남편은 장에 신호가 왔을 때 극도로 예민해진다. 특히 자신이 화장실에 있을 때 시간을 보장받지 못하면 짜증 지수가 최고점을 찍는다.

　남편을 무작정 기다릴 수가 없어 당장 들고 가야 할 신선 제품을 양손에 들고 집으로 올라갔다. 엘리베이터에서 내리자 현관문이 확 열렸다. 머리부터 발끝까지 화가 난 남편과 마주쳤다. 남편은 좀 기다리면 안 되냐고 큰 소리를 냈다. 자신의 장을 시원하게 비워내지 못하게 한 나를 잡아먹을 기세다. 그러더니 씩씩거리며 지하 주차장으로 내려가 장 본 물건을 들고 올라왔다. 나는 황당해서 별 대응을 하지 못했다. 빨리 나오라고 한 적도 없었고 스스로 받은 압박 때문에 왜 나에게 화를 내는지 억울했다. 냉장고를 차근차근 채우고 있자니 스멀스멀 화가 났다. 이 장(場)은 대체 누구를 위해 본 것인가? 대체 나는 왜 남편에게 자신의 채워지고 또 비워질 그 장(腸) 때문에 짜증을 들어야 했던 것인가? 장의 안정을 찾은 남편에게 잔소리를 시작했다. 아들은 소파에 반쯤 드러누워 만화책을 보며 우리의 유치한 싸움을 재밌다는 듯 관전한다. 머쓱해진 남편이 숙주를 내민다. 쯧쯧, 시든 숙주다.

평화로운 토요일 아침이었다. 나는 늦잠을 잤고 엄마는 도서관 수업을 하러 갔다. 무릎이 아프다는 아빠를 따라 병원에 갔다. 평소라면 아빠 혼자 다녀오라 하지만 아빠가 물리치료를 받는 동안 게임을 할 수 있으니 좋은 기회였다. 아빠의 치료가 끝나고 실수로 아빠와 비슷한 덩치의 아저씨를 따라 계단으로 내려갔다. 아빠는 나를 불렀다고 했지만 들리지 않았다. 아빠는 내가 게임에 정신이 팔려서 그런 거라고 했지만 그건 좀 억울했다. 진짜 아빠와 비슷한 뒷모습의 아저씨였다. 집으로 돌아오는 길, 엄마가 부탁한 숙주를 시장에서 사고 엘리베이터를 기다렸다. 엘리베이터가 빨리 오지 않자 아빠의 표정이 조금 안 좋아 보였다. 아빠는 똥이 마렵다고 했다. 이상하게도 엘리베이터는 꼭 급할 때 천천히 온다. 집으로 돌아와 아빠는 화장실로 들어가고 나는 만화책을 읽으며 잠깐 휴식을 취했다. 그때 엄마의 전화 한 통으로 평화롭던 토요일 오전이 시끄러워졌다. 아빠가 화장실에 있어 내가 대신 전화를 받았는데 장을 본 짐이 많으니 아빠더러 지하 주차장으로 내려오라고 전해달라고 했다.

화장실에 있는 아빠에게 엄마의 전화 내용을 전달해줬다.

아빠는 매우 짜증 난 목소리로 "기다리라고 해."라며 소리를 질렀다. 아빠는 똥이 마렵거나 똥을 싸고 있을 때는 매우 예민하게 군다. 이건 배가 고플 때도 마찬가지다. 엄마에게 다시 전화를 걸어 아빠의 이야기를 전하자 아빠는 화장실 안에서 다시 나에게 "네가 좀 내려가 봐."라고 했다. 나는 다시 엄마에게 전화를 걸어 내가 내려갈지 물었고 엄마는 짐이 무거워서 아빠가 내려와야 한다고 했다. 좀 있다 화장실에서 아빠가 나왔고 혼자 씩씩거리며 나갈 준비를 했다. 그 사이 엄마는 올라왔고 아빠는 장본 짐을 가지러 혼자 내려갔다 돌아온 후 막 화를 내었다.

사실 이런 일은 이때만 있었던 건 아니다. 실제로 우리 가족은 똥 때문에 밖에 있다가 집에 돌아온 적이 많다. 대부분은 아빠 때문이고 나 때문에 그런 적도 몇 번 있다. 엄마는 바깥에서 똥이 거의 마렵지 않은 편이다. 엄마가 배가 아파서 고생한 적은 두 번 정도이고 똥 때문에 집으로 돌아온 적은 더더욱 없다. 그러나 아빠는 정반대다. 아빠는 바깥에서도 수시로 볼일은 보고 그걸 크게 신경 쓰지 않는 타입이다. 다만 똥이 마려울 때는 급 예민해지기 때문에 신경을 건드리면 안 된다.

엄마 아빠의 그날 싸움 이후로 지금까지는 볼일 때문에 집으로 다시 돌아오거나 엄마 아빠가 싸우는 일은 없었지만 사실 언제든 생길 수 있는 일 같다. 바람이 있다면 나는 엄마의 장(場)과 아빠의 장(腸) 사이에서 서로의 이야기를 전달하며 헤매고 싶지는 않다.

음주와 게임

"일어나라, 누워 있지 마라, 청소기 돌려라, 쌀 옮겨 담아라, 애랑 놀아줘라, 화장실을 몇 번이나 가노?, 술독이 올랐다, 배 나온 거 봐라." 지난밤, 아들의 학교 친구 가족을 집에 초대해 저녁 식사와 음주를 곁들인 탓이다. 아내의 구박과 괴롭힘이 이어진다. 나는 숙취에 몸을 맡기고 아내의 음성이 들리는 곳에 영혼을 띄워 놓는다. 아들은 친구를 집으로 초대하고 싶어 한다. 본인의 공간을 보여 주고 싶은 마음도 있고 친구들과 게임을 마음껏 할 수도 있기 때문이다. 나는 그 틈을 타서 음주를 즐긴다. 물론 가족 간 인사를 하고 친목을 돕는 자리이기에 마음을 놓고 즐긴다는 것은 아니다.

아들과 친하게 지내는 친구의 부모와 알고 지내는 것은 좋은 일이다. 아이가 어떻게 노는지 아이의 친구는 어떤 성향인지 부모의 가정교육과 집안의 가풍을 한꺼번에 파악할 수 있기 때문이다. 초대와 모임의 취지는 좋지만 아내는 늘 피로함을 호소한다. 안주인으로서 테이블을 세팅하고 메인 디쉬와(대부분 배달 음식) 술, 안주류, 디저트를 신경 쓰고 준비해야 하기 때문이다. 모임이 끝난 뒤 남겨진 빈 접시와 그릇을 정리할 때 피로감은 넘쳐 오른다. 그런 피로감에 쌓여 있는 아내의 짜증 심지에 불을 붙이는 것은 나의 음주와 아들의 게임이다.

부모들이 식사하며 이야기하는 동안 아이들은 모여서 게임을 한다. 아이들 웃음소리가 터져 나온다. 아이들은 물리적으로 같은 공간에서 있으면서 가상의 세계에서 만나고 있다. 가상현실의 재미와 즐거움이 웃음으로 변해 현실에서 우정을 쌓는 것이다. 오락실, 피시방, 플레이스테이션 방 등에서 친구들과 같이 게임을 하는 맛을 아는 나로서는 그 웃음의 가치를 충분히 이해할 수 있다. 아내는 핸드폰 충전기 줄을 챙기러 나온 아들을 보며 정신줄 놓고 논다고 못마땅하게 보지만 말이다.

아내는 손님에게 저녁 반주용으로 소주 2병을 사 오라고 한 모양이다. 머릿속으로 냉장고에 남아 있는 술을 떠올려 본다. 조금 모자라지 않을까 생각하는 사이에 아내는 술 먹고 취하지 말라고 단단히 당부한다. 취하려고 먹는 술을 먹고 취하지 말라는 것은 어불성설이다. 취한 척을 하지 않을 뿐이다. 손님이 오자 아내의 목소리가 커졌다. "아니, 소주를 사람당 2병씩 사 오다니. 나는 2병만 사 오라고 했는데."

나는 웃음으로 손님을 맞이한다. 흐뭇한 손님이 아닐 수 없다. 음주를 제법 아는 분이다. 새로 나온 '새로'라는 술이다. 냉큼 받아서 시원한 냉장고 속에 채워 넣는다. 화기애애한 분위기가 이어지고 술잔이 빠르게 비워진다. 아들 학교 친구의 가족들과는 처음으로 하는 술자리이다. 우리보다 젊은 부부인지라 '언니, 형님'이라고 하지만 그런 사이가 될 수는 없다. 어디까지나 지켜야 할 선이 있는 것이다. 적당한 거리에서 지내야 탈이 없는 사회적 관계가 있다. 유행한다는 MBTI 성향 풀이에 대한 이야기가 무르익을 때쯤 소주 6병이 비워졌다. 아내의 눈치가 전해진다. 전날 회사 회식에 연이은 술자리 인지라 급격히 체력이 떨어진다. 애써 자리에서 일어나 물을 마시고 커피를 끓이며 정신을 차려보려 한다. 젊은 부부는 밤을 지새울 수 있는 체력을 가진 것 같다.

나는 차가운 소주 한 병을 더 내어 준다. 내가 마셔줄 체력은 없어도 충분히 취해서 즐거운 귀가를 바랄 뿐이다. 아내는 그만 마시라고 나를 타박하며 아이들에게 마무리를 하라고 한다. 자정이 다가온다. 젊은 부부는 집에 가서 한 잔 더 해야겠다며 자리에서 일어선다. 미안한 마음보다 졸음이 앞선다. 젊은 부부와는 최상의 컨디션으로 만나야겠다. 아들은 다음날 밀린 공부에 눈물을 쏟아야만 했고 나는 아내에게 응징당해야 했다. 아들과 목욕탕에서 씻고 모든 것을 탈탈 털어내고 싶은 날이다.

P.S 다음 날 아침, 이 주제를 가지고 글을 쓰자고 한다. 주제도 아내가 독단적으로 정한다. 보상 심리인지는 모르겠으나 나는 별로 이 주제를 가지고 글을 쓰고 싶지 않다. 하지만 아내의 짜증을 다시 불러일으켜 피곤해지고 싶지 않을 뿐이다. 아들도 이 주제로 글을 썼다. 가끔 우리는 음주와 게임 후에 반성문을 강요받고 있는 것 같기도 하다.

▶ 엄마 이야기 ‖‖|‖··········‖‖‖|‖‖|‖·

결혼 10년 차가 넘어가면 남편의 뒷모습, 어깨의 각도만으로 지금 그의 기분이 괜찮은지 의기소침한지 알게 되는 비상한 능력이 자연스레 생긴다. 남편도 나만큼의 능력은 아닐지라도 나의 작은 표정 혹은 미세한 목소리 변화로도 내 기분을 감지하는 센서를 장착한 듯 행동하기도 한다. 그리하여 우리는 서로의 화를 폭발시키는 버튼만은 누르지 않기 위해 아슬아슬하게 선을 지키고 있다. 이에 싸움의 횟수는 현저히 줄어들었고 각자의 평행선을 곡선으로 휘어가며 접점을 만들어내고 있다.

그러나 남편과 내가 절대 맞춰질 수 없는 딱 하나의 평행선. 그것은 남편의 음주에 관한 것이다. 나는 체질적으로 술을 마시지 못한다. 친정 아빠를 그대로 닮았다. 반면 남편은 김치 하나로도 막걸리 한 병은 거뜬히 비우는 애주가이다. 남편은 일주일에 2~3번은 음주를 하는 편이고 한 달에 한 번쯤은 취해서 집에 온다. 집에서도 안주가 될 만한 음식이 나오거나 가족 외식을 하게 되면 언제나 반주를 한다. 술맛을 모르는 나로서는 건강에 나쁘다는 잔소리를 하지 않을 수 없다. 남편은 나에게 풍류를 모른다고 핀잔을 주지만 맨정신으로 술에 취한 사람을 보는 일은 그다지 유쾌한 일이 아니다.

그럼에도 술에 대해 매우 관대한 대한민국에 살면서 술자리를 갖지 않는 것은 불가능에 가깝다. 특히 사람을 좋아하는 남편은 지인 가족을 집으로 초대하는 것을 좋아한다. 다같이 모여 왁자지껄 떠들고 음식을 나누어 먹는다. 대부분 손님은 대개 아이와 비슷한 연령대를 키우는 나의 지인들이나 아이 친구 가족들이다. 남편은 그게 누가 됐든 환영할 준비가 되어 있다. 그곳에 술과 안주만 있다면.

이번에도 예외가 아니었다. 아이의 친구가 놀러 왔고 그것이 아이 친구 가족의 방문과 술자리로 이어졌다. 나는 지켜질 확률이 낮은 협박성 멘트를 남편에게 남긴다. "손님보다 많이 마시지 말고 손님보다 먼저 잠들지 마. 내일 스케줄에 지장 없게 적당히 마셔. 아니면 다시는 이런 손님 초대는 없어." 남편은 순순히 고개를 끄덕인다. 남편은 부어라 마셔라 술을 마시고 아이는 무제한 게임을 할 수 있는 이런 식의 만남이 나는 좋지 않다. 그러나 나는 남편과 아이의 욕구를 외면할 수가 없다. 나 또한 같은 시대를 살며 비슷한 연령의 아이를 키우는 사람들과의 수다가 나쁘지만은 않다.

샐러드와 어묵탕을 완성하자 치킨이 배달된다. 아이는 아이끼리 어른은 어른끼리 앉아 이야기와 음식을 나눈다. 처음 만난 아이 친구 가족과 빨리 친해지는 방법은 술에 취하는 것이다. 취기가 조금 오르면 어색했던 공기는 금방 데워져 서로 형님, 언니, 동생으로 호칭이 바뀐다. 연거푸 소주를 들이켠 남편은 행복해 보인다. 몇 번 눈빛으로 경고를 보내고 천천히 마시라고 말로도 해 보지만, 잔소리는 잔소리일 뿐 남편의 귀를 가볍게 통과해버린다. 그사이 식사를 빠르게 마친 아이는 친구들과 게임을 하느라 즐겁다. 평소 제한된 게임 시간 대신 지인이 오면 획득하는 무제한 게임 시간이 마냥 행복하다. 어쩌면 친구의 방문이 가장 좋은 이유는 이 무제한 게임 시간 때문일지도 모른다.

늦은 시간 지인들이 돌아간 후 어질러진 집을 치운다. 이번에는 어찌어찌 손님이 돌아가기 전까지 남편의 정신줄이 붙어있었다. 피로감이 몰려온다. 남편은 별 도움이 되지 않는 정리를 돕는 척한다. 그마저도 잠시, 곧 화장실로 향한다. 폭탄을 맞은 듯한 아이 방으로 향한다. 그러면 나도 모르게 짜증이 난다. 아이를 혼내고 화장실에 있는 남편에게도 잔소리를 시작한다. "적당히 마실 수는 없어? 적당히!!!" 아이에게도 말한다. "적당히 게임하고 놀든가 해야지. 그게 뭐야! '적당히'가 없어? 응?" 나의 목소리가 날카로워질수록 아이와 남편은 아무 소리를 내지 않고 각자가 할 수 있는 일을 한다.

대체 아내가 엄마가 말하는 '적당히'를 전혀 모르겠다는 듯이. 열을 내며 설거지를 마치니 술을 마셔 빨갛던 남편의 얼굴도, 게임을 하느라 흥분해 빨갛게 상기됐던 아이의 얼굴도 제 색깔을 찾았다. 오직 내 얼굴만 못생긴 멍게처럼 빨갛게 달아올라 있었다.

▶ **아들 이야기** ׀׀׀׀׀׀׀׀׀׀׀׀׀׀׀׀׀׀׀׀׀׀׀׀׀׀׀׀׀׀׀

"아빠 언제 와?" 내가 물었다. "오늘 회식한대." 엄마가 대답했다. 역시 아빠가 집에 늦게 오는 이유 중 십중팔구는 회식이지. 또 술 왕창 마시겠다. 쯧쯧. 이런 상황은 내가 열세 살이 되고 넉 달이 지나도록 일주일에 한 번꼴로 생긴다. 우리 아빠는 일주일에 최소 2번은 음주를 한다. 대부분 바깥에서 마시고 늦게 들어오는 경우이지만 함께 여행을 가거나 누군가의 집에 초대되어 가거나 우리 집에 손님이 왔을 때도 아빠는 술을 마신다.

지난 금요일 학교를 마치고 과학 탐구토론대회 준비를 위해 친구 B와 함께 우리 집으로 왔다. 엄마가 차려준 간식을 먹고 과학 개요서를 작성했다. 엄마의 피드백을 받고 수정을 한 후 우리는 즐거운 게임 시간을 가질 수 있었다. 게임을 하다 보니 이미 창문 밖에는 노을이 지면서 어둠이 내려앉았다.

친구와 헤어질 시간이 가까워져 아쉬워할 때 엄마가 친구네와 치킨을 먹기로 했다는 소식을 전했다. 나는 친구와 좀 더 놀 수 있고 게임을 할 수 있다는 생각에 기분이 너무 좋았다. 친구의 동생까지 함께 치킨을 먹고 우리는 내 방에서 신나게 게임을 즐겼다. 어른들도 맛있는 음식을 먹으며 즐겁게 이야기를 나누었다. 그리고 밤 11시 30분쯤 친구와 아쉬운 이별을 해야 했다. 학교에서 만나기는 하지만 이렇게 맘 놓고 게임을 할 수 있는 기회는 흔치 않았다. 술을 마신 아빠는 엄마를 조금 돕다가 곯아떨어졌고 나도 게임을 너무 많이 한 탓에 침대에 눕자마자 바로 잠이 들었다.

다음 날 엄마가 도서관에 수업하러 간 사이 나는 어제 하지 못한 학습지를 풀어야 했다. 엄마는 내가 게임을 너무 많이 한 것 때문에 아침까지 기분이 좋아 보이지 않았다. 나는 최대한 엄마의 심기를 건드리지 않기 위해 조용히 책을 보며 엄마를 기다렸다. 집에 돌아온 엄마는 술을 많이 마신 아빠와 게임을 많이 한 나에게 눈을 흘겼다. 특히 아빠에게 화를 많이 냈는데 아빠는 소심하게 반항하다가 흐지부지 무마되는 듯했다.

나는 솔직히 아빠가 술을 마시는 것이 싫다. 술에 취해서 소파에 누워 3초 만에 코를 고는 아빠를 보면 더 싫다. 거짓말 같지만, 아빠는 자신이 감당할 수 있는 술의 양을 벗어나는 만큼 마시면 어디서든지 3초 만에 잠들 수 있다. 엄마와 아빠에게 일어나는 싸움은 아빠가 술을 마셔서 일어나기 때문에 더 싫기도 하다. 아빠가 술을 마셔서 싸우는 경우에 대부분은 엄마가 싸움의 주도권을 잡고 아빠가 소심한 반항을 하다가 끝나는 경우가 대다수이다. 둘이 싸우는 걸 보면 참 한심하다는 생각이 든다. 그리고 '나는 커서 저렇게 되지 말아야지.'라고 결심한다. 그런데 한편 이런 생각을 하다가도 묘하게도 이런 의문이 든다 '나는 정말 이 약속을 지킬 수 있을까? 앞으로 태어날 내 자식에게 술을 먹지 않는 아빠가 될 수 있을까?'

그림 / 아들 주시현

트리오 앙상블

Chapter 4

나는 왜 글을 쓰는가?

 아빠 이야기 ‖‖‖‖‖‖‖‖‖‖‖‖‖‖‖‖‖‖‖‖‖‖‖‖‖‖‖‖

　현실에서 도망가고 싶을 때가 있다. 다섯 명 중 세 명은 집으로 가야 하는 회사 구조 조정 소식을 접할 때였다. 희망퇴직을 신청한 동료는 '회사 안은 전쟁터이지만, 회사 밖은 지옥입니다.'라고 살아남은 나에게 격려 아닌 격려를 해주었다. 이후로 노조가 결성되고 파업을 하며 살아남은 자들의 생존 투쟁이 시작되었다. 회사에 대한 불만 표시는 부정적인 사람으로 평가받아 진급 누락으로 이어졌다. 술로 상황을 이겨내는 것은 잠시이다. 날아드는 공과금 고지서와 먹을거리를 위해 다시 전선으로 향할 수밖에 없었다. 언제부터인지 〈나는 자연인이다〉 프로그램을 즐겨보는 나를 발견한다.

주인공들이 과거의 녹록지 않은 삶을 뒤로 하고 소요하는 삶을 살고 있는 것이 부럽다. 오죽하면 대통령님들도 퇴임후에는 귀농하거나 책방을 하겠는가.

현실에서 도망가는 방법의 하나는 잠드는 것이다. 잠이 들면 무의식이 또 다른 이야기를 꿈으로 만들어낸다. 현실과 비현실의 중간쯤에서 꿈속의 나와 같이 나를 탐험한다. 아침 햇살에 눈을 뜨면 다시 현실 세계로 돌아온 나를 보며 안도의 한숨을 쉰다. 그리고 어제의 갈등과 번민이 조금은 옅어져 있음을 느낀다.

두 번째 방법은 글을 쓰는 것이다. 나는 최근에 알게 된 방법이지만 이미 현자들은 오래전부터 알고 있는 방법일 것이다. 특히 첫 번째 방법과 콤보로 사용하면 효과적이다. 꿈과 현실의 경계 아마 공항의 입/출국장 또는 환승장 정도 되는 곳에서 글을 쓰는 것이다. 어떠한 글을 쓰든지 나에게 과거를 물어보고 나를 탐험하고 설득하고 있는 것을 본다. 그 과정은 꽤 진지하다. 나 자신을 진중하게 마주하지 않으면 보물을 찾을 수 있는 실마리 같은 단어와 지도를 잃어버려 생각의 미로에 갇혀 버리고 만다. 그래서 글을 쓸 때 누군가가 말을 걸거나 전화가 오거나 하면 화가 나는 모양이다. 실마리가 툭 끊어져 버려 처음부터 다시 시작을 해야 한다. 때로는 영영 보물을 찾을 수 없을 때도 있다.

온전히 나를 마주하는 동안 나는 현실과는 다른 세계에 있다. 그곳은 입으로 떠드는 곳이 아니라 생각으로 떠드는 곳이다. 침 튀기듯 이어지는 생각의 파편들을 긁어모아 배열하고 글로 엮어 보는 작업이다. 그렇게 하나씩 엮어 내면 생각의 한구석을 면밀히 비누로 씻어낸 듯한 느낌을 받는다. 밤새 게임을 하거나 유흥을 즐기며 나 자신을 하얗게 불태웠다는 느낌이 아니다. 오염된 부분을 털어내거나 쓰레기를 모아서 소각하는 작업이다. 그리고 부서진 부분을 이어 맞추고 기름칠하며 시간을 들여 광을 내어 주는 작업이다. 그래서 다시 나를 원래 자리로 돌려 놓아준다. 그러면 망가진 부분이 삐걱삐걱 소리를 내며 다시 일을 하는 것이다. 겨우 하나의 부품이지만 효과는 제법이다. 쌓인 스트레스를 술독에 넣고 녹여 마셔 버리는 일과는 사뭇 다른 방법이다. 조금 더 고차원적인 방법을 찾았다. 심지어는 술값도 들지 않고 펜과 종이나 컴퓨터만 있다면 무료이다. 현실에서 상처 입고 멍들고 부서진 나는 새로 고침이 필요할 때 글쓰기를 한다. 그리하여 글쓰기는 다시 팍팍한 현실 속에서 지속 가능한 삶을 영위하게 해준다.

▶ 엄마 이야기 ‖‖‖‖••••••••••••••••••••‖‖•‖‖‖‖‖•

"선생님 이번 달까지만 해주세요." 예의 바르고 상냥한 담당 복지사는 미안한 듯 말했다. 1년 넘게 모자원 아이들에게 영어를 가르쳤다. 내가 가르치는 절반의 아이들이 거주할 수 있는 기간이 지나 모자원을 떠나야 했다. 마지막 수업, 아이들 하나하나 꼭 안아주었다. 집으로 돌아와 헛헛한 마음에 다른 일자리를 검색한다. 감상적인 마음도 잠시 다시 내 현실과 마주한다. 프리랜서 영어 강사. 다시 말해 언제든 일자리를 잃을 수 있다는 의미. 한참을 검색하다 보니 내가 무엇을 위해 일을 하려는지도 헷갈리기 시작한다. 에잇. 아이가 돌아올 시간이다. 검색창을 닫아버린다.

아이를 낳고 키우다가 정신을 차려보니 10년이 훌쩍 지나 있었다. 주름살이 늘고 엉덩이가 처지는 동안 세상도 많이 변했다. 그 사실을 알지 못했는지 외면했는지 모르겠다. 나를 잃어버린 시간이었지만 어떻게 다시 나를 찾아야 하는지 엄두조차 내지 못하던 시간이었다. 다시 사회에 나가볼까 기웃거리던 첫 지점에는 그래도 자신감이 있었다. 그러나 그건 순전히 나만의 착각. 현실은 나같이 어정쩡한 아줌마에게 냉정을 넘어 냉혹했다.

아이를 키우면서도 여러 활동을 하긴 했다. 대부분 내가 원한다고 생각한 것들인데 막상 해보니 아닌 경우가 많았다. 그때마다 누가 뭐라고 한 것도 아닌데 괜히 주위의 눈치가 보였다. 답을 찾을 수 없을 때는 도서관에 갔다. 많은 책이 모두 자기만의 목소리를 내고 있었다. 그 목소리들이 말했다. '너는 참 초라하구나. 나는 지난한 과정을 거쳐 어느 정도 완성된 이야기를 가지고 있어.' 책을 읽고 나면 늘 제자리에서 나만의 문제로 허덕이고 있는 내가 더 시시하게 느껴졌다.

이런 나의 고민은 결국 나 자신이 매우 어정쩡한 사람이라는 결론을 내게 한다. 이상은 높고 현실은 그저 그런 사람, 밑도 끝도 없는 표상의 목표를 두고 실행은 하지 않는 사람, 똑똑하지도 않고 바보도 아닌 사람, 살림을 못 하지도 잘하지도 않는 주부, 훌륭하지도 나쁘지도 않은 엄마, 크게 행복하지도 불행하지도 않은 사람. 나의 이 어정쩡함은 사실 '평범함'이라는 단어로 압축할 수 있다. 평범하게 사는 것이 좋다고 하지만 평범함이라는 것은 어느 하나 특출함 없이 이것도 저것도 아니라는 뜻도 된다. 그렇다. 나는 가끔은 소소함에 행복을 느끼다가도 뭐 하나 잘하는 거 없이 시시한 내가 참을 수 없을 때가 많다.

이런 내가 그나마 덜 시시해질 때가 있다. 그중 한 가지가 글쓰기이다. 글쓰기 수업에서 날카로운 합평을 듣는다. 어설프고 유치한 내 글 때문에 집으로 돌아와 이불킥을 한 적도 많다. 처음에는 글은 특별한 경험이 있거나 특출한 능력 혹은 깊은 지식을 가진 사람이 써야 한다는 편견을 깨기가 힘들었다. 그것도 아니라면 혹독한 시련이나 불행한 과거 정도는 가져야 쓸 자격이 될 것 같았다. 나처럼 평범하고 어정쩡하게 살아가고 있는 사람이 쓰는 글이 무슨 의미가 있을까 싶었다.

도레스 레싱의 단편집《19호실로 가다》의 주인공 수잔은 다른 사람의 시선으로는 완벽해 보이는 중산층 주부이다. 그러나 그녀는 자신의 정체성을 찾기 위해 매일 호텔 19호실로 간다. 그녀는 자신만의 공간에서 모든 역할에서 벗어나 익명의 존재로 머물며 조금씩 자신을 찾아간다(그녀의 외출은 외도로 의심받고 스스로 생을 마감하는 결론이 슬프긴 하지만). 불행인지 다행인지 나는 수잔처럼 나만의 공간을 가질 경제적 여유도 시간도 없다. 그럴수록 보잘것없고 시시한 나라도 어떻게든 찾아내어야 할 것만 같다.

가만히 앉아 내 생각을 정리하고 자판을 두드리는 이 시간이 좋다. 물론 그것이 글이 술술 써진다는 의미는 아니다. 대부분은 생각이나 영감이 떠올라 글로 이어지는 경우보다 초보 엄마가 나오지 않는 모유를 짜내듯 어떻게든 생각을 하고 내 안에서 뭐든 쥐어 짜내야 하는 경우가 더 많다. 그러나 글을 쓸 때만큼은 나 자신으로 존재한다. 도돌이표 같은 일상, 메스껍게 이어지는 살림의 반복, 그럴 때마다 나는 헛헛한 마음을 달래기 위해 쿠키 봉지를 뜯었다. 누군가와 이야기를 나누어도 즐거운 이벤트를 만들어도 다시 돌아와 시시해졌다. 글쓰기는 주어진 일상의 의무들을 하다가도 자신을 잃지 않고 나를 느끼면서 살아가기 위한 나의 19호실이다. 다시 돌고 돌아 결국 나로 귀결된다. 조용히 방으로 들어와 혼자 생각한다. 책을 읽고 메모를 끅적인다. 친구 J와 서로 자의식 과잉이라고 놀리던 장면이 떠오른다. 그럼에도 불구하고 나는 계속 글을 쓴다. 어정쩡한 인간이 쓰는 어정쩡한 글. 분명 이런 글도 세상에 필요한 날이 있을지도 모르니까.

▶ 아들 이야기 ‖‖‖‖‖‖‖‖‖‖‖‖‖‖‖‖‖‖‖‖‖‖‖

내가 글을 쓰는 이유는 여러 가지이다. 처음에는 그냥 책을 읽다가 영감이 떠올라서 나만의 소설을 쓰기 시작했다. 그런데 금방 싫증이 나서 포기하게 되었다. 그러나 최근에는 '한번 끝까지 해보자.'라는 마인드로 소설 쓰기를 하고 있다. 그래서 언제 완성될지 모르겠지만, 현재는 한 가지 소설을 꾸준히 쓰고 있는 중이다.

《패밀리 배틀》(안 맞다, 안 맞아)을 가족 다 같이 써보자고 엄마가 제안했다. 재밌을 거 같았지만 처음에는 힘들기도 했다. 그렇지만 글을 쓸수록 점점 실력도 늘어가는 것 같고 글 쓰는 것에 보람을 느끼게 되었다. 그래서 지금은 소설을 쓰는 횟수도 늘어났다. 글을 쓰며 가장 좋을 때는 내가 쓴 글을 시간이 지나고 다시 읽을 때이다. 내가 이전에 쓴 글을 보는 일은 재미있다. 어떨 때는 민망하지만 글을 썼을 때의 내 생각과 마음이 기억나는 것이 좋다.

그래서 나는 글에 마음을 담고 있다. 내 생각이나 느낌 등을 글에 적는다. 가족 글쓰기의 제일 좋은 점은 우리 가족 서로의 마음을 알게 되었다는 것이다. 그리고 이제는 우리만의 책이 나오면 재미있겠다는 생각이 든다.

　글을 쓴다는 것은 나만의 공간이 생긴다는 것과 같다. 내 생각을 마음껏 적을 수 있고 내가 현실에서 말하지 못했던 것들도 글에서는 말할 수 있다. 그리고 글을 적으면 마음이 왠지 뿌듯해진다. 물론 내가 적었던 내용을 다시 읽어보면서 재미를 느끼는 것은 덤이다. 그래서 나는 글을 쓴다. 내 마음의 기록을 남기고 싶어서.

미뤄진 합평

🔘 **아빠 이야기** ‖|‖·‖·‖·‖·‖·|‖|‖·|||·|‖|‖·‖·‖·‖·‖·|||‖||·‖·‖·

　가족 글쓰기 프로젝트를 시작한 지 햇수로 2년이 되었다. 아내와 대립된 의견에 대해 주변 사람들의 객관적인 판단과 지지를 얻기 위해 시작한 글쓰기가 확대되어 아들까지 합세하게 되었다. 마감일은 매주 일요일 저녁. 한 가지 주제나 사건을 가지고 각자의 시선과 입장에서 글을 쓴다. 글쓰기에는 두 가지 원칙이 있다. 하나는 글을 쓰지 못하거나 마감일을 넘기는 경우에 주어지는 벌칙이다. 아내와 나는 벌금, 아들은 좋아하는 게임 시간을 반납하는 것이다. 아들은 벌칙을 받기 싫어 글을 쓰는 때도 있는 것 같다. 나는 벌금의 무서움보다 글쓰기의 매력에 이끌리고 있는 편이다. 서로에게 말로 하지 못한 부분을 글로 써보는 것, 무언가에 온전히 집중할 수 있는 것, 나아가서는 나와 다른 우리 가족의 마음을 조금이나마 들여다볼 수 있기에 가족 글쓰기에는 은근한 즐거움이 있다. 초등학생 아들은 엄마와 아빠의 글을 읽고 싶은 마음이 큰 것 같다. 자신을 바라보는 엄마와 아빠의 시선과 솔직한 마음을 들춰보는 재미가 쏠쏠한 모양이다. 또 다른 하나의 원칙은 자신의 글을 다 쓰기 전에는 다른 사람의 글을 읽지 않는 것이다. 다른 사람의 글이 자신의 글에 영향을 주지 않도록 하기 위해서이다. 서로의 글은 일요일 저녁 마감과 함께 읽어보고 함께 느낌을 주고받는다.

최근에는 나의 잦은 출장과 주제 고갈로 글쓰기가 몇 번 미뤄졌고 거기에 따라 합평도 미뤄지고 있다. 글의 주제는 함께 의논하여 정하기로 했는데 대체로 합평 이후에 다음 글의 주제가 정해진다. 아들은 약속된 시간에 합평이 이뤄지지 않고 이주 째 미뤄진 것에 불만이 크다. 아들은 합평을 먼저 하자고 한다. 아내는 늦은 평일 밤에 컴퓨터를 켜고 합평을 하는 것을 귀찮아했다. 더군다나 각자의 글을 보기 위해 아들의 스마트폰 사용 시간을 연장해줘야 하는 것이 마뜩잖은 모양이었다. 아들의 항의에 다음 주제를 먼저 정하자고 심드

렁하게 반응한다. 아들은 이미 미뤄진 약속과 자신의 의견을 무시하는 것 자체가 기분이 나쁘다고 했다. 나는 둘 사이를 중재해 본다. 솔직히 지난주의 주제가 마음에 들지 않았기에 나는 합평보다 다음 주제에 더욱 관심이 간다. 서로 바라는 바가 다르다는 것을 아는지 아들이 떼를 쓰기 시작한다. 결국 소파에 누워 있던 아내가 폭발하는 짜증의 힘으로 벌떡 일어나 앉는다. 역시 아내의 짜증력은 가공할 만한 파워이다. 폭풍 같은 아내의 반격에 아들은 금세 시무룩해진다. 다급한 상황이다. 급할 때 창의력은 폭발한다. 생각나지 않았던 새로운 주제가 떠오른다. 나는 상황을 수습하기 위해 '미뤄진 합평'이라는 다음 주제를 내놓았다. 아내는 흔쾌히 다음 주제를 받아들였고 아들은 여전히 조금 뾰로통하기는 했지만 새 주제에 합의했다. 평일 밤 일어난 소동에 글의 주제가 정해지고 다시 각자의 평화로움에 안도한다. 이 평화로움이 다음 주 합평까지 이어지길 바라본다.

▶ **아들 이야기** ⅰⅼⅰⅼⅰⅼⅼⅰⅼⅰⅼⅰⅼⅼⅰⅼⅰⅼⅰⅼⅼⅰⅼⅰⅼⅰⅼⅼ

"합평해야지!!!" 나는 엄마에게 말했다. "글 주제가 먼저

야!!!!" 엄마가 나에게 말했다. 이 싸움의 원인을 알려면 시간을 조금 거슬러 올라가야 한다. 지난주 토요일 친척과의 스케줄로 인해 합평이 미뤄졌고 나는 계속 합평하자는 의견을 내왔었다. 하지만 모두가 시큰둥해했고, 합평은 계속 미뤄졌다. 지금 이 글을 쓰는 현재까지도 지난 글의 합평은 미뤄진 상태이다. 그래서 나는 화가 나서 엄마가 다음 주제를 먼저 정하자고 하는데도 합평을 먼저 하자고 했다. 점점 서로에게 화가 났고 언성이 높아졌다. 엄마는 참다 참다 결국 화가 나서 우리 둘은 싸우고 말았다. 아빠는 그사이에 끼어서 이러지도 저러지도 못하는 상황이 되어 버렸다. 우린 계속 싸웠고, 결국 분위기가 험악해졌다. 하지만 아빠가 이 싸움을 글의 주제로 하자고 했고 그렇게 우리의 싸움은 끝이 났다.

가족 글쓰기 《패밀리 배틀》은 재미있다. 가끔 쓰기 귀찮을 때도 있지만 엄마 아빠의 글을 읽는 것이 흥미롭다. 주제를 정할 때도 서로 쓰고 싶은 것이 다르기도 하다. 그래도 결국에는 서로 합의해서 한 가지 주제를 정한다. 일주일 동안 정해진 주제의 글을 쓰고 가족 밴드에 올려서 다 함께 읽어 보고 서로 이상한 부분이나 이해가 안 되는 부분을 지적해

준다. 일주일의 기간이 있지만 일주일 내내 글을 쓰는 것은 아니다. 나는 거의 토요일 저녁이나 일요일 아침에 글을 쓰고 어떨 때는 합평 시간이 가까워서 글을 쓴다. 아빠는 항상 가장 먼저 글쓰기를 마친다. 그다음 내가 글을 완성하고 나면 엄마가 마지막에 글을 쓴다. 이런 단순하지만 견고한 시스템으로 여러 가지 글이 쓰여진다. 엄마와 아빠는 이 글이 많이 모이면 책으로 낼 수도 있다고 한다. 나는 이 글들이 재미있기 때문에 베스트셀러가 되지 않을까 하는 상상도 한다. 그리고 책이 나오지 않더라도 엄마 아빠와 계속 함께 글을 쓰면 좋겠다. 그리고 작은 바람은 엄마와 아빠가 합평을 미루지 않았으면 좋겠다. 그리고 이번에는 내가 양보했지만 다음부터는 꼭 합평 먼저하고 주제를 정했으면 좋겠다.

▶ 엄마 이야기 ||||||••••••••••••••••••••••••||••||||||||••

합평이 한주 미뤄졌다. 처음 글을 쓰기로 할 때 우리 가족은 마감 날짜를 지키지 못하면 각자 페널티를 가지기로 했다. 나와 남편은 벌금을 아이는 게임 시간을 줄이기로 했다. 페널티는 꽤 효과적이었다. 그러던 중 가족 행사로 한 주 합평이 미루어졌고 다음 주제도 정하지 못한 채 시간이 흘렀다. 다시 주말이 오고 미뤄진 합평과 주제를 정하는 시간이 되었다. 아이는 합평을 먼저 하자고 했고 나와 남편은 시간이 늦었으니 합평은 2주 치를 몰아서 하고 주제를 정하는 게 좋겠다고 했다. 아이는 자신의 의견이 받아들여지지 않자 왜 합평이 미뤄졌냐며 자신은 지난주에도 합평을 하자고 몇 번 제안을 했다며 볼멘소리를 계속했다. 처음에는 아이에게 좋은 말로 설명을 했지만, 아이가 불평을 계속하자 화가 나기 시작했다. 너의 비난이 담긴 말투와 해 봤자 소용없는 이야기를 반복하는 것이 좋은 것이냐고 아이를 다그쳤다. 아이는 곧 미안하다고 사과했고 우리의 합평은 다시 미뤄졌다.

남편은 주말 일찍 일어나 글을 썼고 아이와 나는 주말 오후가 되어야 글을 완성했다. 평소 느긋한 남편이기에 우리 둘을 잘 기다려주었지만, 그는 어쩌면 오전 일찍 글을 완성하고 일찌감치 합평을 끝내기를 기대했을지도 모른다. 반면 나는 주말에도 어김없이 일어나 밥을 해야 했고 집안일은 여전히 나를 기다리고 있었다. 주말이니 어디 외출을 나가야 할 때도 있었다. 그러면 마음 한편에 빨리 글을 쓰고 합평해야 하는데 하는 부담이 있었다. 아이는 글을 미룰 때까지 미루다 게임을 하기 위해 글을 쓰는 날도 많았다. 그러면 저녁이 되어서야 서로를 마주하고 합평을 할 수 있었다. 서로의 욕구를 맞추어 가다 보면 저녁까지 미루고 미루어 합평을 했다.

사실 이건 합평만의 문제가 아니다. 고작 세 명이 살고 있는 가족 내에서 끊임없이 욕구들끼리 부딪힐 때가 많다. 식사 메뉴는 물론, 지금 하고 싶은 일, 주말 스케줄까지 각자의 욕구는 계속 상충한다. 대체적으로는 스케줄을 세밀하게 정하는 편인 나의 제안대로 가족의 이벤트가 정해진다. 그러나 이 또한 쉽지 않다. 독단적으로 보이는 나의 계획은 사실 알고 보면 남편과 아이의 취향과 욕구를 반영하여 이리저리 눈치를 살펴 정해진 것이기 때문이다. 자신의 욕구가 좌절되고 상대방의 욕구에만 맞춰주다 보면 불평이 생기고 보상 심리가 생긴다. 그래서 서로의 욕구를 계속 무시할 수는 없는 노릇이다. 특히 가족끼리는.

그래서 우리는 결국 적당히 서로서로 눈치를 보며 산다. 각자의 입장과 욕구가 있다. 그것을 완전히 외면하지도 완전히 들어주지도 않은 채 어떤 날은 은근슬쩍 내 욕구를 더 내보기도 하고 어떤 날은 참아가며 내 욕구를 좌절시킨다. 내가 바라는 대로 되지 않는 날은 짜증을 내기도 하고 그 짜

중이 길어지면 상대방에게 다시 공격을 받기도 한다. 그렇게 서로 뭉개가며 살아간다. 그리하여 미뤄진 합평은 곧 시작될 것이다.

카톡으로 시작된 부부싸움이 가족이 함께하는 글쓰기 프로젝트가 되었습니다. 상황과 입장에 따라서 내가 옳다는 것을 알리고 인정받고 싶었던 모양입니다. 결국은 서로를 인정하지 않는 것이 글쓰기의 원동력이 되었지만, 글쓰기를 통해서 조금은 서로를 인정하게 되었습니다. 그렇다고 선(禪)을 깨달을 만한 큰 그릇이 된 것은 아닙니다. '너는 그럴 수도 있구나. 나 같으면 그렇게 하지 않아. 하지만 강요하지는 않겠어.' 그 정도라고나 할까요? 시원한 결론을 내지 못해 안타깝지만 이게 실제 우리 가족의 현실입니다.

어느 집이나 한 가지쯤 가지고 있을 만한 문제에 관해 이야기하며 차마 말로는 하지 못했던 부분을 툭툭 털어 넣었던 공간이었습니다. 때로는 부끄럽고 쑥스러워 주제로 삼고 싶지 않은 이야기들도 분명히 있었습니다. 그러나 그 부끄러움을 넘어서면 생각보다 아주 재밌는 것이 많습니다. 서로의 글을 읽으며 키득거릴 수 있습니다. 상대방이 오해하는 부분에 대해 해명할 기회도 생깁니다. 평소 낯간지러워서 또는 말하려고 하다가 울컥해서 삼켜버린 이야기들도 할 수 있게 됩니다. 그리고 무엇보다 가족이 한자리에 앉아 얼굴을 마주 볼 수 있습니다.

그래서 이 글을 읽으시는 분들도 가족과 함께 글을 써보라고 권하고 싶습니다. 처음에는 자신의 감정과 입장을 써봅니다. 이 단계의 글쓰기는 나를 돌아보는 방법이 됩니다. 나를 알아야 상대를 이해할 수 있습니다. 다음으로 상대방의 이야기를 읽어봅니다. 그리고 내 입장과 어떤 부분이 다른지 살펴보면 좋습니다. 지피지기면 백전백승이니 이 과정은 우리 모두 승자가 될 수 있게 합니다.

물론 이 과정이 쉬웠다는 것을 의미하지는 않습니다. 각자 일상의 과업을 해내면서 일주일에 한 편 글을 써야 하는